虐げられた氷の公女は、
隣国の王子に甘く奪われ娶られる

プロローグ

シャレードはそっと押し倒された。

銀色の艶やかな髪がぱさりとシーツの上に広がる。

それはまるで月の光が射したようにきらめいた。

彼女の可憐な花のような唇はもの言いたげに開かれ、普段は澄みわたる湖のごとき瞳が揺らいで、ラルサスを見上げる。

「シャレード、綺麗だ……」

ラルサスは思わず言葉を漏らした。

その美しさは、初めて会ったときと同じく、彼の心を魅了してやまない。

耳もとでささやかれて、シャレードはぴくりと反応してしまう。でも、敢えて沈黙を保った。

そんな様子を窺《うかが》いつつ、ラルサスがシャレードの服を丁寧に脱がせていく。

シャレードはされるがままになっていたが、下穿きを脚から引き抜かれるときに、くちゅっと水音がして、カッと顔が熱くなった。

あらわになったシャレードの身体を、ラルサスが賛美するように見つめてくる。

その身体は優美な線を描き、透き通るような白い肌は情欲のため、ほんのりと色づいている。形のよい胸の先端はかわいらしく尖り、銀色の繁みは蜜でしっとり濡れていた。

クッと喉奥を鳴らしたラルサスは、いつも以上に熱い瞳をしている。

その瞳に見つめられるだけで、シャレードの身体は潤いを増した。

そっと伸ばされた手に、宝物に触れるように触れられて、シャレードは身を震わせる。その手は彼女の髪の毛を梳《す》き、身体の線を辿るようになでて、彼女にむずがゆいような官能の波をもたらした。

さらにラルサスは、額に口づけ、頬に口づけ、耳朶《じだ》を齧《かじ》り、首筋を舐める。

熱い息がシャレードの肌をくすぐり、彼の熱情が伝わってきた。

（身体が熱い……）

ほてる身体を持て余して、シャレードはそれを逃がそうと身じろぎする。その拍子に揺れた胸の先端をラルサスの指がなぞり、摘まんだ。

「ぁんっ」

思わず漏れた声にシャレードは両手で口をふさぐ。

「我慢しなくていいのですよ？」

彼女の手の甲に口づけを落とし、ラルサスはささやいた。

そう言われても、恥ずかしい声を出したくなくて、シャレードは唇を引き結んだ。

ラルサスはそんな彼女の右胸の尖りを親指で何度もなでたり押し込んだりする。そのたびに快感が蓄積していき、シャレードの下腹部を疼《うず》かせた。

手で愛撫しながら、ラルサスは愛しげにシャレードの身体に唇を落としていく。

彼の唇に、手つきに、シャレードの身体は煽られていった。

彼女の心も身体も歓喜していた。

そう、心も。

悔しいことに、触れられているとわかってしまう。

ラルサスに惹かれ、彼に抱かれるのを喜んでいる自分に気づいてしまう。

でも、それを認めるわけにはいかない。

自分は王太子の婚約者なのだから。

シャレードは鈍った思考の中、必死で自分を抑えていた。

認めてしまったら、想いがあふれてしまうかもしれないから。

「ふぅ、うっ……、あっ……」

そんなことを考えている間にも全身をなでられ、ラルサスの指が繁みの中の尖りに触れると、我慢していたのにシャレードは声を漏らしてしまう。

ピリリと痺《しび》れるような快感が全身に広がり、腰が跳ねた。

自分でも触れたことのないところなのに、ラルサスは的確に快感を与えていく。

そこを弄られるほどに愛液が滴《したた》り落ちて、シーツを濡らしているのが見なくてもわかる。

(早く早く、もっと……)

意識をしっかり保っていないと、そんな淫らな言葉がこぼれそうになってしまう。

「んっ、あぁんっ！」

とうとうラルサスがシャレードの秘められた場所へ指を入れたので、彼女は身をくねらせた。

中を擦られて、それが求めていた刺激だと悟り、腰を揺らす。シーツを握りしめる。

それだけでも刺激が強いのに、親指で外側の愛芽までくるくるとなでられると、シャレードはたまらず「あーッ、あぁーーッ」と背を反らせて達した。

涙がにじんだ目じりをラルサスの舌が這《は》う。不埒な手は乳房を捏《こ》ね、中に入る指は増やされて、広げるようにうごめいた。

（ダメ、あんっ、気持ちいい、いや、なの……、あぁ、でも、気持ちいい……気持ちいい気持ちいい、いい……）

シャレードはどんどん快楽に溺れていき、ラルサスが指を抜くと不満げに彼を見上げた。

ラルサスはくすりと笑い、「少し待って」と彼女の頬を指先でなでて、服を脱ぐ。

鍛えられた褐色の身体が美しい。しかし、その中心にそそり立つものを見て、シャレードはこくりと唾を呑み込んだ。

身体がそれを欲して、わななく。

ラルサスが彼女に覆いかぶさるように身をかがめた。

「シャレード、愛してる……」

吐息がかかる距離でささやかれる。

シャレードはハッとして、彼の翠《みどり》の瞳を見上げた。

その切なく訴えるような声に、彼女の心は激しく波立った。

第一章

そこは黄金の空間だった。

白い壁の全面を蔦《つた》や花をかたどった金のレリーフが覆い、それを巨大なシャンデリアがまばゆい光で照らす。さらに数多《あまた》の鏡がその金色の光を反射し増幅して、贅を尽くしたゴージャスな空間を演出していた。

ここは、権威あるファンダルシア王国の宮殿。

その大広間で、ラルサス・ヴァルデ王子を歓迎する舞踏会が開かれていた。

シャレード・フォルタス公爵令嬢は、婚約者のカルロ王太子にエスコートされ、ラルサスに紹介されるところだった。

彼は隣国ヴァルデ王国の第三王子で、この国に留学に来たばかりだ。

エキゾチックな褐色の肌に、切れ長だが目尻が少し垂れた優しげな目、そこにはまった深い翠《みどり》の瞳で、シャレードを見つめてくる。

非常に整った目鼻立ちもさることながら、そのまなざしにシャレードの目は惹きつけられた。

（印象的な方……）

軽く会釈したはずみに揺れた髪は、とてもめずらしいピンクがかったパール色だ。

服装も独特で、膝を隠すほど長い上衣は立襟の部分から裾まで華やかな刺しゅうで彩られ、そこからスリムなズボンが覗く。その衣装は、スラリとした長身のラルサスをより魅力的に見せていた。

（この国にはいない、めずらしいお姿だからかしら？）

そんな容姿をした彼の情熱的な視線に、シャレードの胸はざわついた。

それでも、普段から感情を抑えることに長けている彼女は、静かな目でラルサスを見返す。

「こちらは私の婚約者、シャレード・フォルタス公爵令嬢だ」

カルロの紹介に、シャレードが美しいカーテシーで挨拶をすると、なぜかラルサスは目を見開いて、固まった。

不審そうに「なにか？」とカルロが問いかける。

ラルサスはすぐ美麗な笑みを浮かべ、弁解した。

「いえ、失礼いたしました。こんな美しい方にお目にかかったことがなくて……」

社交辞令だとわかっていても、シャレードの心臓が跳ねた。しかし、それに返されたカルロの言葉に、スーッと心が冷えていく。

「シャレードは見た目だけはいいからな」

カルロはあざけるように笑った。

その言いぐさに、ラルサスは眉をひそめる。

（いつものことだわ）

シャレードは顔色を変えなかった。王や王妃はやれやれという顔をしたが、注意はしない。

ラルサスは気づかうようにシャレードを見た。

どうやら会ったばかりの彼女のために憤ってくれているらしい。

シャレードはカルロの蔑みに慣れていた。しかし、いつまで経っても傷つくことには慣れない。

胸を痛めながらも平静を装うのが常だったが、ラルサスの反応に心がなぐさめられた。

大丈夫だと微笑みを浮かべると、ラルサスはそっと溜め息をついて、深追いしないでくれた。

感謝のまなざしを向け、シャレードは口を開く。

「初めまして、王子殿下。シャレード・フォルタスと申します。ダンバー王立学校でご一緒させていただくことになりますので、なにかありましたら、気軽にお申しつけくださいませ」

「ラルサスとお呼びください。この国の文化に不慣れですが、こちらこそ、よろしく頼みます」

ラルサスがふんわりと笑った。

それは草原をなでて吹くさわやかな風のようだった。彼の笑顔に周囲の女性が反応して、ハッと息を呑んだり、うっとりとした溜め息を漏らしたりした。

シャレードも例外ではなく、めったに動揺しないはずの彼女の心も波打った。

音楽が始まり、カルロとシャレードがファーストダンスを踊りはじめる。

濃い黄金色の髪のカルロと銀髪のシャレードは、見目麗しく、似合いのカップルに見えた。

しかし、彼らは外見同様、内面も対照的だった。

ハンサムだがどこか緩い雰囲気のカルロに対し、冷たいとも評される美貌を持つシャレードは真面目で、堅苦しいとしばしばカルロに揶揄《やゆ》される。

踊り慣れているので見栄えはするが、ダンスにもそれが表れていた。よく見ると、おざなりにリードするカルロに、シャレードがきっちりとステップを踏んでついていっているのがわかるに違いない。

一曲終わると、カルロはシャレードを離し、さっさとお気に入りの男爵令嬢のもとへ行った。

（相変わらず、私の立場など考えもしないのね）

カルロが彼女を蔑《ないがし》ろにするのは何年も前からだ。

そして、シャレードが、好奇心、同情、冷笑などの視線を浴びるのもいつものことだった。

慣れているからといって、もちろん気分がよいものではない。

シャレードはそっと溜め息をつき、壁際に向かおうとした。

そこへ褐色の手が差し出された。

「踊っていただけませんか？」

目線を上げると、ラルサスが微笑んでいた。

少し垂れた目は細められ、柔和な表情ながら、その翠《みどり》の瞳は先ほどの熱量を維持したままだった。

――この手を取ってはいけない。

なぜだかそんな気がして、シャレードはためらった。しかし、断る理由はなく、王子である彼に恥をかかせるわけにもいかない。シャレードは「喜んで」とラルサスの手に自分の手を重ねた。

ジン……

心地よい痺《しび》れが走ったような気がして、シャレードは手を引っ込めそうになるが、その前にラルサスにやわらかく掴まれる。

「ありがとう」

笑みを深めたラルサスは一礼すると、シャレードの腰に手を回した。

音楽が始まり、二人は踊り出した。

「ダンスがお上手なのですね」

彼のリードが踊りやすくて、シャレードは感心した。すると、ラルサスは甘やかに微笑む。

「そうですか？　それはうれしい。私の国にはこうして踊る習慣がないので、留学前に必死に練習したのです」

「そうとは思えないほど、お上手です」

「それはあなたがうまくリードしてくれるからです。ありがとうございます」

「いいえ、私も踊りやすいです」

自分勝手なリードのカルロに比べ、ラルサスはシャレードを気づかい、うまく誘導してくれる。

ポツポツと会話を交わしながらも、二人は惹かれ合うように、ひたっとお互いを見ていた。

シャレードがターンをした瞬間、その瞳と同じ水色のドレスがふわりと広がった。花が咲いたかのような可憐さに、ラルサスは息を呑んだ。

より視線が熱くなり、二人の視線が絡み合う。

初めてとは思えない息の合い方で、シャレードとラルサスは美しく踊った。

(ダンスが楽しいなんて、久しぶりだわ)

そう思ったシャレードだったが、曲が終わると、何事もなかったかのように一礼して、すっとラルサスから離れた。

ラルサスは一人になった途端、他の令嬢たちに囲まれた。しかし、その目はシャレードを追っていた。


シャレードは給仕に飲み物をもらうと、いつものように壁の花になって、ぼんやりと広間を眺めた。

王太子の婚約者をダンスに誘おうという猛者《もさ》はおらず、親しい友人もいない彼女はいつも一人だった。一方、カルロは次々とかわいらしい令嬢を捕まえて、ダンスをしている。

グラスを傾けながら、シャレードはただひたすら舞踏会が終わるのを待った。


翌日、ラルサスがダンバー王立学校の教室に入ったとき、その容姿に女子生徒が色めきたった。

ここには貴族しかいないが、昨日の舞踏会は上流貴族しか招かれていなかったので、ラルサスを初めて見た者が多かったのだ。

今日の彼はヴァルデ王国の伝統衣装を脱いで、ブレザーの制服を着用している。

騒がれるのには慣れているラルサスは、よそいきの顔でふっと微笑んだ。

その甘いマスクに心を撃ち抜かれた女子生徒が多数。それをおもしろくなさそうに見ている男子生徒も多くいた。

一つ歳上のカルロはこのクラスではないが、もしこの場にいたらラルサスに注目が集まる状況に機嫌を損ねていたかもしれない。

シャレードはなんの感情も見せずに、ただ自分の席に座っていた。

「ラルサス・ヴァルデと申します。このたびは名高いダンバー王立学校で皆さまとともに学べる機会をいただけたことをとてもうれしく思います」

自己紹介をするラルサスをシャレードは窓際の席で静かに眺めた。

しかし、ラルサスはそんな彼女をすぐに見つけたようだ。

熱い瞳が向けられて、シャレードは戸惑った。さりげなく視線を外す。

（どうしてかしら？　彼を見ると心がざわつく）

ちらっと視線を戻すと、まだ彼はシャレードを見ていた。

二人はしばし見つめ合う。

彼の熱が伝わってくるようで、冷たそうと称されるシャレードの体温が上がった気がした。

ラルサスの人気はすごかった。

休憩時間ごとに女子生徒に囲まれ質問攻めにあっていたラルサスを、他人事だと思いつつも、シャレードは遠目に眺めていた。すると、なにを思ったのか、彼は昼休みになるとすぐシャレードのもとへやってきた。

「シャレード嬢、よかったら、校内を案内してもらえませんか？」

ラルサスの言葉に女子生徒がざわめいた。

シャレードはクールな水色の瞳でラルサスを見上げる。

方々から刺すような視線を浴びて、正直迷惑にも思った。

「王子殿下ならば、喜んで案内してくれる方がいくらでもいるのではないでしょうか？」

「あなたは喜んで案内してくれないのですか？」

ちらっと遠巻きに見ている女性たちを見てシャレードが言うと、ラルサスがからかうように首を傾げた。

軽くウェーブした髪がさらりと揺れる。

ハンサムな彼の誘いを喜ばない女性はめずらしいのだろう。

翠《みどり》の瞳がシャレードの反応を見て、おもしろそうにきらめいた。

それを綺麗だと思いながら、シャレードは首を振る。

「いいえ。ただ、私より適任がいるのではないかと思ったのです」

「あの中から、一人なんて選べませんよ。それに変に誤解される行動を取りたくない」

「なるほど、それで相手の決まっている私が都合がいいと思われたわけですね」

シャレードは納得してうなずいた。

王太子の婚約者として、留学生の王子をもてなすのも仕事のうちかもしれないと思ったのだ。

「それでは、まず食堂にご案内しましょうか」

「頼みます」

シャレードはラルサスと連れ立って教室を出た。

嫉妬や好奇な視線を背中に感じながら。


ダンバー王立学校は、校内では生徒は平等であるべきだという理念を掲げている。そのため、王族といえども特別なサロンが用意されることなく、食堂で食事をとることになっていた。

そのせいで、シャレードにとって食堂は居づらい場所だった。

彼女がラルサスと食堂に入ると、両脇に女子生徒を侍らせたカルロがいた。

ちょうど女子生徒がカルロにスプーンを差し出し、食べさせているところだった。

パクリと食べたカルロはにやけて、彼女の耳もとに口を寄せた。なにを言われたのか、彼女は赤くなり、今度は反対側にいた女子生徒が対抗するようにカルロにスプーンを差し出した。

（やっぱり今日も……）

それは日常風景だった。

ラルサスも気づいて、目を瞬いた。

シャレードは恥ずかしく思ったが、なにも言わず、料理の置いてあるカウンターに向かった。

ラルサスはなにか言いたげだったが、シャレードは気づかないふりをして、食堂のシステムについて説明しはじめる。

「こちらでお好きな料理をお取りください。並んでない料理でも、調理人に声をかけると用意してもらえます。食べ終わりましたら、こちらにトレーを戻してください」

「そうですか。シャレード嬢はなにを食べますか？」

「王子殿下、私に敬称は不要です」

「それなら、私もラルサスと呼んでください、シャレード。ここでは身分は関係ないのでしょう？」

親しげなラルサスに、シャレードは一瞬戸惑ったが、うなずいた。

王子と呼び続けても、彼が皆に馴染めないと思ったのだ。

「承知いたしました、ラルサス様。私は日替わりランチにします」

「それでは、私も同じものにします」

チラチラと見られる中、二人は料理を載せたトレーを持つと、中庭に面した席に腰かけた。

窓からの陽射しにシャレードが目を細めると、ラルサスもまぶしそうな表情をした。

「場所を移しましょうか？」

シャレードが気をつかうと、ラルサスは首を横に振って、微笑みながら答える。

「ここの陽射しはやわらかいですね。私の国の陽光は苛烈で、とても日向《ひなた》にはいられません」

「ヴァルデ王国は気温が高いと聞きますが、やはりこの国とは違いますか？」

「そうですね。ここよりずっと暑くて乾燥しています。緑もこんなにないですね」

ラルサスは窓の外に広がる中庭を愛でるように見た。

新緑が特に美しい時期だったが、ラルサスの瞳も同じ美しい色をしているとシャレードは思った。

「食後に中庭に出てみますか？」

「はい、ぜひ！」

ふと思いついて提案すると、ラルサスは顔をほころばせた。その表情を見て、シャレードは胸が高鳴るのを感じた。常日頃ではありえないことだった。

互いの国の文化や風習の違いなどを話しながら、食事を終えた彼らは中庭に出た。

「シャレードは私の国のことをよく知っているのですね」

「いいえ、ただ本で読んだことがあるだけです。ラルサス様こそ、この国の習慣のをよくご存じです」

「留学する前に叩き込まれました。失礼があったらいけないですからね」

そんな話をしながら歩く庭園は、心地よい風がそよぎ、花の香りが漂っている。

丁寧に手入れされている花壇には、青や紫、赤、桃色、黄色……さまざまな色の花が咲き乱れ、目を楽しませてくれた。

ラルサスは、遠国には大使として訪問したことがあっても、このファンダルシア王国には訪れる機会がなかったと言う。隣国だけに、今までは父王か兄王子が訪れていたそうだ。

「この国は豊かですね。このように幾種類もの花をいっせいに目にするのも初めてです」

楽しげに笑みを浮かべたラルサスにつられて、シャレードも頬を緩めた。

ヴァルデ王国は砂漠が多く、オアシス以外ではファンダルシア王国ほどの木や花を目にすることはできない。それゆえ、ラクダやロバ、羊を飼って遊牧生活を送る者が多い。国家事業としては、鉱物採掘に力を入れ、外貨を稼いでいる。最近、この鉱物の需要が伸びて彼の国も富んできているが、この国の豊潤さとは比べ物にならない。

「私の国では水が貴重なので、こうした噴水やカスケードを贅沢に感じます」

「そう思ったことはありませんでした」

水しぶきがきらめく噴水や優雅な流れを作るカスケードを見て、そんな感想を持つとは想像もしなかった。

「こうした文化の違いを感じることができるのが留学の醍醐味《だいごみ》ですね」

ラルサスは白い歯を見せて破顔した。

少し話しただけで、興味深い話題がどんどん出てきて、二人は楽しく語らいながらそぞろ歩いた。

「そろそろ戻りましょう」

時計を見たシャレードが声をかけた。

あっという間に時間が経ち、午後の授業の時間が迫っていた。

名残り惜しそうなラルサスに、シャレードは「中庭は逃げません」ときっぱり言って急かす。

その言い方がおかしかったのかラルサスが笑い出したので、シャレードはしまったと恥ずかしくなった。カルロをせっつく癖がついていて、つい同じように言ってしまったのだ。

ラルサスに気に障った様子はなく、シャレードはほっとした。

「授業が終わったら、校内の他の場所も案内してください」

教室に入る前にそう言われて、心が浮き立ってしまった。


午後の授業が終わると、待ちかねたようにラルサスはシャレードのもとへ来た。

「続きをお願いします」

「はい。承知いたしました」

ひそひそとささやき合う声を無視して、シャレードは校内案内を再開した。

講堂、医務室、職員室、音楽室を回る。

王立学校なだけあって、それぞれの設備は贅沢で、音楽室などはしっかり防音がされているのはもちろんのこと、優れた音響を実現するために計算して作られていた。

「音楽室は放課後に申請すれば使用できます」

「シャレードはなにか音楽をするのですか？」

「趣味でフルートを少しだけ」

「フルート！　それはぜひとも聴いてみたい」

ラルサスは興奮したように声をあげた。

シャレードは音楽が好きだったが、にべもなく断った。

「人様に聴かせられるレベルではありません」

少し肩を落としたラルサスに、さすがに愛想がなかったと反省し、シャレードは口を開いた。

「ラルサス様はなにか楽器を弾かれるのですか？」

彼はにこりとして答える。

「私はディルルバを少々」

「まぁ、貴国の伝統楽器ですね」

「ご存じでしたか」

「もちろんです。いつか聴いてみたいと思っておりました」

音楽が好きなシャレードは楽器にも興味があった。

留学生が来るということで調べていたヴァルデ王国についての資料の中に、ディルルバのことも書いてあった。細長い胴体に張った弦を弓で弾くディルルバの絵を見て、どんな音を出すのか、気になっていたのだ。

めずらしく熱のこもったシャレードの話し方に、ラルサスは小首を傾げた。

「私の拙《つたな》い演奏でよろしければ、今度お聞かせしましょうか？」

「いいのですか⁉」

本当にディルルバが聴きたかったシャレードは目を輝かせた。

静かな湖面に光が差したかのような、まぶしいくらい美しいシャレードの表情に、ラルサスは目を瞠《みは》った。

うなずきかけたシャレードだったが、ラルサスの表情を見てハッと我に返り、「機会があれば……」とトーンを落として答えた。

きらめいたシャレードの瞳は、もとの凪いだ湖のように戻った。

ラルサスはそれを残念そうに見ていた。


その後、図書館、談話室を案内したシャレードは、ここで終わりだと告げた。

シャレードは読書も好きで、よく図書館に行く。本を読んで、見知らぬ場所、見知らぬ人に想いを馳せたり、自分では考えも及ばない知識が増えたりするのが楽しいのだ。

ふとそれを漏らすと、ラルサスが「私もです！」と同意してくれたので、うれしくなって微笑んだ。

こんなことを自然に話せる相手は今までいなかった。

シャレードがせっかく楽しい気分だったのに、談話室を出たところで、ばったりカルロに会ってしまった。

相変わらず、両脇に女子生徒を侍らせている。

「おぉ、愛しの婚約者殿」

そう言いながらカルロはこれみよがしに、女の子たちの肩を抱いた。彼女たちは勝ち誇ったような笑みを浮かべてシャレードを見た。

「ごきげんよう、カルロ様」

感情を揺さぶられることなく、シャレードはスカートを摘まんで、優雅に挨拶をした。

「そちらにいらっしゃるのはラルサス王子ではないか。シャレードの相手をしてくださったのか？」

「いいえ、私がシャレードに校内案内をお願いしたのです」

カルロの言い方にラルサスは眉を上げたが、こんなところで事を荒立てるわけにいかないと判断してか、にこやかに答えた。

彼の笑みに、カルロの両脇の女の子たちが惹きつけられ、それを感じたカルロは苦虫を噛み潰したような顔になる。

「シャレードの案内など、つまらなかったでしょう？　堅苦しくておもしろみがないから」

「とんでもない。とても楽しい時間でしたよ」

あざけるようにシャレードを見たカルロに対し、ラルサスは穏やかに微笑んでみせた。

反対に、カルロはラルサスの答えを気に入らなかったらしく、不機嫌そうに彼を見る。

「ラルサス王子がシャレードをお気に召されてよかったです。私の婚約者ですが」

嫌味っぽくそう言うと、カルロはプイッと顔をそむけて、去っていった。

(王族の取る態度ではないわね……)

あきれたようにその後ろ姿を見送るラルサスを見て、シャレードは申し訳なくなった。

「見苦しいところをお見せして、申し訳ございません」

侮辱されたシャレードに謝られ、ラルサスは首を横に振った。

「いいえ、あなたの態度は立派でしたよ。あの王太子の婚約者というお立場は大変そうですね」

他国の王太子の批判にならないように言葉を選び、ラルサスはシャレードをなぐさめた。

いたわられるとは思っていなかったシャレードは少し目を見開いたものの、それ以上は感情を見せず、黙って頭を下げた。

でも、シャレードの心がほんのり温かくなった。


「ラルサス様～！」

「次の授業は音楽ですわ。ご一緒しましょう！」

「私もご一緒したいですわ！」

休みのたびに群がってくる女子生徒を、ラルサスはやわらかな笑みを浮かべながら、それとなく躱《かわ》していた。

そして、シャレードに声をかけてくる。

「氷の公女なんてつまらないでしょ？」「あんな冷たい人は放っておいて、私たちとお話ししましょうよ」という、不満げな女子生徒の声が聞こえる。

シャレードは、自分の美貌と感情をあらわにしない様子から、周囲に『氷の公女』と呼ばれているのを知っていた。

彼女は公爵令嬢なので、王族を除くともっとも地位が高い。いくら校内とはいえ、女子生徒が侮っていい身分ではないが、カルロが粗雑に扱う様子から、他の者もそれに倣《なら》うようになってしまった。婚約破棄されるという噂が広まってからは、なおさらだ。

それに加え、ラルサスがシャレードを気にする様子から、彼女への風当たりがさらに強くなった。

（どうして私に構うのかしら？）

ラルサスと話すのは楽しい。しかし、そのせいでやっかみを受けるのは勘弁してほしい。

とはいえ、国賓のラルサスを無下にするわけにはいかず、シャレードはクラスメイトとしての姿勢を崩さず、淡々と彼の相手をした。

＊――＊＊＊――＊

「なにか手がかりはあったのか？」

「それがいくら調べても、例のものは関所を通った形跡がないのです」

ラルサスが尋ねると、商人の格好をした男が答えた。

彼は留学中滞在するための館を貴族街の一角に借りていて、その書斎で、自国の情報員から報告を受けているところだった。

ラルサスは父王の命で、留学の傍ら、密輸の調査をすることになっていた。

ヴァルデ王国では、媚薬をはじめとした悪質な薬がひそかに持ち込まれ、被害が拡大しているのだ。調査するうちに、ここファンダルシア王国の高位貴族が関わっているという疑いが出てきた。

ファンダルシア王国に正式に抗議を入れているのだが、証拠がないと突っぱねられていた。それで仕方なく、ラルサスが留学という名目で乗り込んで、証拠集めをしているというわけだ。

「そうは言っても、すべての輸出物はこの国を出る際と、うちの国に入る際にチェックを受けているはずだろ？」

「はい、殿下。両方とも調査していたのですが、やはりどこにも痕跡がないのです」

男の言葉に、ラルサスはあごに手を当て思案した。それを、子どもの声が妨げる。

『ラルサス〜、僕、飽きた』

精霊のフィルが、難しい話は退屈だとぼやいたのだ。

フィルはラルサスに付いている精霊で、手のひらに乗るサイズの男の子の姿をしている。ほのかに光りながら、ふわふわと彼の顔の辺りを飛んでいた。

フィルはラルサスの頭に着地すると、髪の毛を掻き回して遊びはじめた。

彼の姿はラルサス以外には見えないので、情報員からは風もないのに、ラルサスの髪が不自然に揺れているように見えることだろう。

『重要な話をしているんだ。もう少し我慢してくれ』

『いつまで続くの〜？』

『もう少しだ』

念話でフィルをなだめながら、ラルサスは口を開いた。

「出入りの形跡がないということは、関所を通らないルートで持ち込まれたか、チェックされていないかだな」

ラルサスが言うと、情報員はうなずいた。

「そうですね。ただ、この国とはハーネ大河が国境となっているので、関所を通らずこっそり渡るのは困難かと。もちろん、見張らせてはいますが」

「だとすれば、やはりチェックされていない荷物か。やはり貴族が絡んでいる可能性が高いな」

高位貴族の荷物なら、チェックも甘くなるだろうとラルサスは思った。

「そうですね。ラルサス様がここを拠点にしてくださったおかげで、貴族街に出入りしやすくなりました。広く情報を集めることにします」

「貴族の荷物を重点的に探ってくれ。私もそれとなくあやしい人物を探しておくよ」

「そうしていただけると助かります」

それには苦手な社交を頑張らなければならないと思い、ラルサスは眉を寄せた。

情報員が帰ったあと、フィルが軽口を叩いた。

『ラルサスはモテモテだから女の子たちに聞いたらいいじゃん』

『適当なことを言うな。割と面倒くさいんだぞ？』

『ハハハ、知ってる〜』

ラルサスのぼやきにフィルは笑って答えた。

ラルサスは女嫌いなわけではないが、必要以上に女性が群がってくるのには辟易《へきえき》する。

婚約者を決めていないこともあって、自国では彼を巡って女の戦いがしばしば繰り広げられ、ラルサスはうんざりしていた。

（ピンとくる子がいなかったんだから、仕方ないじゃないか）

ヴァルデ王家の人間には、彼のように精霊付きで生まれてくる者がしばしばいた。

その者は精霊によって不思議な力を行使でき、直感的に自分の運命の相手がわかった。運命の人を伴侶に迎えると、その子どもも精霊付きで生まれる割合が高いことから、精霊付きは自由結婚を許されていた。

しかし、精霊の力は絶大なので、その存在は国家機密として秘匿されている。他国の者はおろか、ヴァルデ王国の者もその存在を知らない。

（それにしても、初めて気になった子がこの王太子の婚約者とはね……）

シャレードの美しい容貌を思い浮かべて、ラルサスは溜め息をついた。

初めて会ったとき、時が止まった気がした。

澄みわたる湖のごとく静かな瞳。

湖畔に咲いた可憐な花のような唇。

月の光を集めた銀の髪。

絹のようにきめ細かな白い肌。

それらが奇跡的に集まって、彼女の輝く美貌を作っていた。

ラルサスはその美しさに吸い寄せられるように、目を離せなくなった。

一瞬にして、彼女にとらわれたのだ。

会話を交わすごとに、外見だけでなく、その聡明さや視野の広さ、勤勉さ、我慢強さなどが見えてきて、ますます惹かれずにはいられなかった。

しかし、シャレードはこの国の王太子の婚約者だ。

『もしかしてシャレードのことを考えてる？　あのカルロっていうヤツ、気に入らないし、ラルサス、奪っちゃえば？』

『そんなことできるか！』

フィルが気軽に言う。精霊の勝手な言いぐさに、ラルサスは声を荒らげた。

(奪えるものなら奪いたいさ)

そんな想いはさすがにフィルにも告げられず、ラルサスは苦い笑みを浮かべた。

＊――＊＊＊――＊

シャレードは授業で習った古アダシャ王国の歴史に興味を持ち、調べてみようと図書館に赴《おもむ》いた。ここの図書館は常に利用者が少なかったので、シャレードにとって落ち着ける空間だった。

歴史書の棚へ行くと、そこには先客としてラルサスがいた。

シャレードの心臓がとくんと跳ねる。

「ラルサス様も古アダシャ王国について調べているのですか？」

声をかけると、ラルサスは振り返って、頬を緩めた。そうした優しげな微笑みを向けられると、シャレードは落ち着かなくなる。

「今日の授業がおもしろかったので、もう少し調べてみようと思ったのです。気になると調べずにはいられない質《たち》で」

自分も同じだと思って、シャレードの表情が和らいだ。

「古アダシャ王国の文化はヴァルデ王国に通じるものがありますね」

「そうなんです。同じルーツの可能性がありそうで、興味深いです」

「この彫像なんかはまさに……」

ラルサスはそう言って、手に持っていた本をシャレードに見せた。

同じ本を覗き込む二人の距離は近かった。

(むやみに彼に近づいてはいけない。私はこの国の王太子の婚約者なのだから)

そう思いながらも、シャレードは立ち去ることができず、一緒にラルサスと古アダシャ王国の文献を探して読んだり、意見を交換したりして、心満たされるときを過ごした。

「あら、もうこんな時間」

シャレードはふと時計を見て、慌てた。

今日は公務があるのだ。

「ラルサス様、私はこれで失礼します」

後ろ髪を引かれるような想いを秘め、シャレードが告げると、ラルサスは見るからに残念そうな顔をした。

「楽しい時間はあっという間ですね」

(私もとても楽しかったわ)

うなずきかけたシャレードだったが、立場にふさわしくないと思い直し、ただ笑みを浮かべた。

「カルロ様、公務のお時間です」

中庭でお気に入りの男爵令嬢とイチャついていたカルロを見つけ、シャレードは声をかけた。

ラルサスとの楽しい時間を中断しないといけなかった仕事がこれだった。

侍従が言っても聞かないので、カルロを公務に連れていくのは何年も前からシャレードの役目になっていた。

「取り込み中だ」

シャレードの方を見もせずに、カルロが言い捨てた。

いつものことだ。

そこで引き下がるわけにはいかず、シャレードは冷静に言葉を連ねた。

「本日はホークハルト皇国の使節団がいらしていて、陛下が必ず同席するようにと……」

「めんどくさいなー。俺にはなにも関係ないじゃないか」

「関係ございます。ホークハルト皇国は重要な貿易相手です。将来、カルロ様が御即位された際に関係を良好に保つためにも……」

「あー、うるさいっ！　行けばいいんだろ！　……マルネ、またな」

これみよがしにマルネと呼んだ男爵令嬢に深いキスをして、カルロはようやく立ち上がった。

馬鹿にしたようにマルネがシャレードを見る。

悲しく虚しい想いに気分が沈むが、シャレードにも矜持《きょうじ》があるので、顔には出さない。

そして、まだぶつくさ文句を言うカルロを王宮に誘導していった。

(どうして私たちはこんな関係になってしまったのだろう)

シャレードはそっと息を吐いた。

幼いころに決められた婚約のため、二人はともに王宮で同じ家庭教師のもとで学んだ。

シャレードはなにをやっても優秀で、勤勉だった。カルロのほうが一つ歳上にもかかわらず、事あるごとにサボろうとするので、当然ながらシャレードとは差ができた。

カルロはそれがおもしろくなく、だんだんシャレードにひどく当たるようになった。

「カルロ様もちゃんと授業を受けたら、私なんかより……」

「それは嫌味か、シャレード?」

「そういうわけでは……」

シャレードが弁解しようとするも、苛ついたカルロは、鼻を鳴らして去っていくのが常だった。

カルロを励ましているつもりが、咎《とが》めていると思われ、シャレードは疎《うと》まれるようになった。

もともとカルロはわがままで誰の言うことも聞かなかったが、成長するにしたがって、さらに横暴になっていった。

王妃はカルロに甘く、王は妻の機嫌を取ろうと彼を注意することはない。しっかり者のシャレードに、カルロを頼むと言うばかりだ。

(損な役割だわ)

シャレードだって、そう思う。不満がないわけでもなかったが、公爵家に生まれたからにはそういうものだとあきらめていた。それが義務だと思っていた。

父の公爵は「バカは御しやすくていいじゃないか。結婚したらこっちのもんだ」とせせら笑い、即位するまで王太子をしっかり捕まえておけと言う。公爵自身、男の甲斐性だと愛人を囲っているので、カルロの女性問題も気にならないようだった。

母は我関せずというスタンスで、弟は相談するには幼い。

孤独なシャレードは、つらさ、悲しさ、悔しさをごまかすうちに、どんどん表情を失っていった。

ズキッ。

カルロと歩きながら、シャレードは胸の痛みを感じて、立ち止まりそうになる。

ストレスのせいか、このところ、たまに胸が痛む。体調もよくなく、めまいがすることもあった。

文句を垂れ流すカルロをなだめつつ、これが自分の役目だから仕方がないと唇を引き結んだ。

その様子をラルサスがあきれた顔で見ているのにも気づかず。


「ディルルバの練習に付き合っていただけませんか？」

数日経ったある日の放課後、図書館でラルサスに行き合ったとき、そう誘われ、シャレードは大きな目を瞬いた。

「一人で弾くのも味気ないし、かといって大人数ではわずらわしい。そう思ったとき、ディルルバに興味を持ってくれたシャレードを思い出したのです」

なにげない様子で言うラルサスに、シャレードは逡巡《しゅんじゅん》した。

ディルルバの音色は聴いてみたいが、誘いに乗っていいものか判断しきれなかったのだ。

「孤独な留学生の接待をしてくださいよ」

「接待……」

冗談めかして言ったラルサスの言葉をシャレードは繰り返した。

絶えず女子生徒に囲まれているラルサスが孤独かどうかはさておき、留学生の世話をするのは王太子の婚約者である自分の役目だろう。

(そう、これは公務みたいなものよ)

そう自分に言い訳して、シャレードはうなずいた。

「わかりました。いつがよろしいでしょうか？」

「それでは、明日の放課後はいかがでしょう？」

「承知しました。楽しみにしております」

シャレードは静かな瞳に光が灯ったのを自覚せず、それをラルサスに向けた。


翌日の授業が終わると、二人は連れ立って音楽室に行った。

ラルサスが侍従に頼んだディルルバはすでに用意され、床にはマットも敷いてある。

「これがディルルバです」

「思ったより大きいのですね」

興味津々で、シャレードはディルルバを見た。

ディルルバは、二、三歳の幼児ほどの大きさがある胴に弦が張ってある楽器だ。

ラルサスは本体と同じくらい長い弓を取り上げ、シャレードに見せた。

「この弓で弾くのですよ」

興味深げに眺めるシャレードはいつもよりあどけない表情をしていた。

ラルサスは演奏の準備のため、靴を脱いで、マットに上がった。

床にあぐらをかいて座ると、ディルルバを縦に抱え、左肩にもたれかからせる。

「シャレードはそこの椅子に腰かけてください」

「いいえ、私もここに」

ラルサスを見下ろすのは居心地が悪いと思い、シャレードは彼と同じように座り込もうとした。

「では、マットをお使いください」

ラルサスは慌てたようにマットの上に座るように言う。

勧められたマットの上に乗ると、思いの外、ラルサスに近くてシャレードは戸惑った。

でも、楽器を弾く様子を近くで眺められるのはうれしい。

ラルサスが弓を弾いて、調律を始めた。

哀愁を帯びた音色が断続的に流れる。

「素敵な音ですね」

「ディルルバの音色は人の声に近いと言われています。私もこの音色に魅せられて弾きはじめたのですよ」

調律を終えたラルサスは、ふっと息を吐き、腕の中の楽器に集中した。

伸びやかな音とともに音楽が始まった。

テノールの男声のような音で奏でられる、ゆっくりと静かな曲が響く。

(これがディルルバの音……)

音色の美しさに加えて、目を伏せて弓を動かすラルサスの姿も美しかった。

長いまつげが影を落とし、愁いを帯びた表情は曲の切ない調子と合っていた。

あぐらという姿勢も常とは違う親密さを醸し出し、シャレードの鼓動が速まる。

しかし、そんな邪念も曲に聞き惚れていく間に消えていった。

シャレードの心はラルサスの演奏に引き込まれ、曲に夢中になった。それほど素晴らしい演奏だった。

曲が終わるとシャレードは知らずに詰めていた息をほぅと吐き、興奮して手を叩いた。

「素晴らしいです！　音色も曲も想像していたのよりずっと素敵でした！」

こんな高揚感は、覚えてないくらい久しぶりのものだった。

キラキラと目を輝かせて絶賛すると、照れたようにラルサスが微笑む。

「……気に入っていただけて、光栄です。それでは、もう一曲」

ラルサスは今の想いを曲に乗せ、即興で演奏した。

それは、さきほどのゆったりした曲調とは打って変わって、情熱のほとばしるドラマチックなものだった。

シャレードは目を伏せて、うっとりと聴き入る。

美しい音色に心を奪われ、その熱に引きずり込まれた。

日頃の愁いもなにもかも昇華していったような気がした。

演奏が終わると、シャレードは目を潤ませて、今度もまた盛大に拍手する。

感動してしばらく言葉が出なかった。

これほどまで訴えかけるような、胸が苦しくなるほど迫力のある音楽を耳にしたことはなかった。

美しいだけでない、心の奥底まで沁《し》みわたる音色で、まるで自分が音楽と一体になったかのような心の高まりを覚えた。

興奮した彼女を見て、ラルサスは目を細めた。

「……あまりの素晴らしさに言葉を失いました。これはなんという曲なのですか？」

シャレードが尋ねると、ラルサスはちょっと首を傾げ、「『渇仰《かつごう》』……かな？」と答えた。

「『渇仰《かつごう》』！　名前通り、切なくて胸に迫るものがありました」

興奮冷めやらず、シャレードが訴える。

でも、ふと我に返って、思った以上に時間が経っているのに気づいた。

「いけない！　時間が……」

シャレードが慌てて立ち上がったとき――

くらり。

バランスを崩した彼女をラルサスが抱きとめた。

シャレードの顔は血の気が引いて真っ青になっていた。

「大丈夫ですか？」

ラルサスはシャレードを床に座らせ、身体を支えた。

「すみ……ません……」

「いいえ、立ちくらみでしょうか。少し休んでください」

ラルサスはゆったりとした口調で、シャレードを落ち着かせようとした。

しばらくすると彼女の顔色が戻る。

シャレードがもう大丈夫そうだと動こうとしたので、ラルサスは手を引き、彼女を立たせてやった。

「馬車までお送りしましょう」

「ありがとうございます」

まだ足もとがおぼつかなかったシャレードはその好意を素直に受けて、差し出されたラルサスの腕に掴まった。

「せっかく素晴らしい音楽を聴かせていただいたのに、申し訳ございません」

馬車に乗り込む前に、シャレードはラルサスに謝った。

余韻を台無しにしてしまった自分が腹立たしかったのだ。

「気にしないでください。お気に召したのなら、いつでも弾きましょう。それより、まだ調子が悪そうです。医者に診てもらったほうがいい」

「ありがとうございます。そうします」

もう一度、頭を下げて、シャレードは馬車に乗り込んだ。

＊――＊＊＊――＊

心配しながら、ラルサスが馬車を見送っていると、視界にフィルが飛び込んできた。

『ラルサス、大変だよ！　どうしよう～？』

泣きそうな顔でブンブン飛び回るフィルに、『どうしたんだ？』とラルサスは首を傾げた。

全力で演奏して疲れていたし、シャレードの様子が心配だった。しかも、もう一つ別のことに気を取られていたので、フィルのいつもの大騒ぎなら、今は勘弁してほしいと思った。

先ほど自分の演奏にうっとり聞き惚れていたシャレードを見たとき、唐突に理解した。

（私の運命の人はシャレードだ）

同じく精霊付きである父王が『自分の相手は、出会えばわかる』と言っていたが、ラルサスは今それを実感していた。だからこそ、心の整理をしたかったのだ。

（よりによって、なぜ結ばれない相手なんだ……）

耐えるように拳を握りしめる。

そんな彼に追い打ちをかけるように、フィルは衝撃的なことを告げた。

『あの子、病気だよ～』

『なに？　あの子って、シャレードのことか？』

『そうだよ！　決まってるじゃん！』

フィルは苛立ったように頬を膨らませる。

『さっきラルサスが触ったとき、感じたんだ』

『じゃあ、隙を見てそれとなく触れるから、治してやってくれ』

フィルは癒しの精霊で、ラルサスが触れた者の傷や病を見通し、治すことができる力を持っていた。

国家機密なので、シャレードに説明することができないのが難点だが、さりげなく触れるくらいならなんとかなるかとラルサスが考えていると、フィルがポカポカと殴りかかってきた。

『治せるなら、さっき治してたよ！　ラルサスのお気に入りの子を死なせたくないし』

『死なせたくないって……』

『あれは死病だよ。胸を中心に黒いものが身体のあちこちを覆ってた』

『しびょう……？』

聞こえた言葉を理解したくなくて、ラルサスは言われたままの音をつぶやいた。

『そう。このままだと半年持つかどうかじゃない？』

『半年だって!?』

あまりに信じがたい情報ばかりで、ラルサスはただ言葉を繰り返すことしかできなかった。

『……治療法は？』

『僕でも治せないのに、人間が治せるとは思わないけど？』

『それじゃあ、シャレードがあと半年で死ぬと言っているみたいじゃないか！』

『そうだよ。そう言ってるの！』

かわいそうにとフィルがラルサスの頭をなでるが、それに気づかないほど、彼は茫然とした。

目の前が真っ暗になる。

「嘘だろ……？」

めまいがして、額に手を当て、ラルサスはつぶやいた。

運命の人だと認識したばかりの相手が、よりによって死病に侵されているとは、とても信じたくなかった。

『ウソだったら、よかったんだけど』

悲しげにフィルも目を伏せて、ラルサスの肩に乗った。なぐさめるように今度は頬をなでてくる。

間違いであってほしいとラルサスは顔を上げて、フィルを見た。

『でも、初めてシャレードとダンスをしたときはなにも感じなかったんだろ？』

『ん～、感じたかどうかも覚えてないよ。それほど彼女を気にかけてたわけじゃないし』

ラルサスが触った人の状態が視えてしまうフィルだが、特別なことがなければそれに言及することはない。それがその人間の定めだから、意識しない限りは気にも留まらない。

今回はラルサスがえらくシャレードを気に入っているのがわかったから、認識したのだ。

フィルの能力を信頼しているラルサスは絶望に陥った。

と、ふいに思い出す。

期待を込めて、ラルサスはフィルに尋ねた。

『フィル、秘儀を行えば治せるか？』

『あぁ、あれ？　うん、たぶん治せるよ。でも、そんなことをしたら、ラルサスが……。それにどうやって、そんな状況に持ち込むんだよ！　相手はこの国の王太子の婚約者だろ？』

『そうなんだよな……』

シャレードを助ける一筋の光は見えたが、それは実現すること自体、困難な方法だった。

ラルサスは力なくうなだれた。

＊――＊＊＊――＊

屋敷に戻ったシャレードは、ラルサスに言われた通り医者を呼んだ。

このところの体調不良は尋常ではなかったからだ。我慢強いシャレードは痛みには耐えられると思ったが、さきほどのように倒れて他人に迷惑をかけることはしたくなかった。

「いかがされましたか？」

主治医がやってきて、シャレードを問診する。

彼女が症状を話すと、医者は少し顔をしかめて、目の下、耳の後ろ、口の中を診た。

「失礼いたします」

特に痛む胸を触診すると、彼は首を振った。

「寝不足と栄養不足かもしれませんね」

確かに、このごろ、シャレードはなかなか寝つけないし、食欲がなかった。

なんでもなさそうで、ほっとしたシャレードに主治医は告げた。

「念のため、精密検査をしましょう。私の同期に検査を専門にしている医者がいるのです」

そう言われ、シャレードは不安になる。

「念のため、ですか？　なにか気がかりなことが？」

「念のためです。とりあえず、睡眠導入薬と栄養剤を出しておきますね」

主治医は安心させるように微笑んだ。


翌日、めずらしくシャレードからラルサスに近づいた。

「昨日はありがとうございました。また、ご迷惑をおかけいたしました」

「いいえ、お身体は大丈夫ですか？」

心から気づかい、心配してくれている様子のラルサスに、シャレードの胸は熱くなる。

（人に気づかわれるなんて久しぶりだわ……）

深刻な顔をするラルサスに、シャレードは静かな笑みを浮かべた。

「お医者様に診ていただいたら、不摂生がたたっただけだと言われました。お恥ずかしいですわ」

処方薬を飲んでよく寝たら体調がよくなっていて、シャレードはほっとしていた。

ラルサスはまだ気づかうようなまなざしをしていたが、「それはよかったです」とうなずいた。

「それで、もしよろしければ、なのですが……」

ためらいがちにシャレードが言い出して、ラルサスは「なんでしょう？」とやわらかい表情で先を促す。

シャレードは、昨夜ふと思いついたことを提案してみようと思ったのだ。

「昨日のディルルバの演奏がとても素晴らしかったので、それを孤児院の子どもたちにも聴かせてあげたいと思いまして」

「孤児院ですか？」

「はい。月に一度、孤児院に慰問に行っているのですが、そこの子どもたちはなかなか音楽に触れる機会がないのです。ラルサス様さえよろしければ、ディルルバを披露していただけないでしょうか？」

普段、シャレードは誰かになにかを頼むことはない。でも、あの音楽を自分だけのものにしておくのはもったいないと思った。

それに、正直なところ、シャレード自身もう一度聴きたかったのだ。

慣れない行為にドキドキしながらシャレードがラルサスを見上げると、彼はにっこり笑った。

「私の演奏でよければ、ぜひ」

「ありがとうございます！」

シャレードはめずらしく弾んだ声をあげ、花が開くような美しい笑みを浮かべた。

その満面の笑みに見惚れたラルサスだったが、いたずらっぽい顔をして言った。

「ところで、あなたもフルートを披露してくれるんですよね？」

「えっ⁉」

「私だけ演奏するのは気恥ずかしいので、あなたにも演奏してもらいたいのです」

シャレードは戸惑った。

子どもたちにフルートを聴かせたことはあるが、ラルサスのあの美しい音色とはあまりにレベルが違いすぎると思ったのだ。それでも、人に頼んでおいて自分はできないとは言えなかった。

「承知いたしました。拙《つたな》い演奏になりますが……」

「いいえ、楽しみです」

彼女の承諾に、ラルサスはうれしそうに顔をほころばせた。

＊――＊＊＊――＊

「王子殿下、おもしろい情報を入手しました」

定期連絡に訪れた情報員が開口一番、そう言った。

シャレードのことが気がかりで、なにも手につかない状態だったラルサスは、気のない様子で彼を見やった。

「なんだ？」

「密輸の件とは関係ないのですが、お耳に入れておこうと思いまして。なんと、カルロ王太子が借金まみれらしいです」

「借金？」

ラルサスもそうだが、王族が自ら支払いをすることは、滅多にないはずだ。

それなのにどうして借金なんてものができるのか、意味がわからない。

「ありえないだろ」

ラルサスは一蹴した。

「それがあるのです。あの王太子は調べれば調べるほどクズですね。公務をサボるぐらいはかわいいもので、メイドに手を出して孕《はら》ませたり、それを無理やり堕胎させたり、あげくの果てに賭け事に手を出して、多大な借金を負わされているんです」

「しかし、貴族同士の賭け事なんて、たかが知れているだろ？　王太子が相手となれば、多少手心を加えるだろうし」

賭け事は、晩餐会でも行われる人気の催しだ。

あくまで遊びの範疇《はんちゅう》なので、そこで借金まみれになるとは考えにくい。

そもそも、そんなことになったら、王太子に恥をかかせたと晩餐会の主催者の面目が潰れてしまう。

「違うのです。王太子は街の賭場に出入りしているようです」

「街の賭場!?」

王太子どころか、貴族がそんなところに出入りしているなんて聞いたことがないラルサスは声をあげた。これも文化の違いかと思い、情報員に問いかける。

「うちの国ではありえないが、この国では普通なのか?」

「いいえ、この国でも前代未聞です」

目を瞠《みは》ったラルサスは、信じられないと憤慨した。

(王族は模範となるべき存在だろう! 校内の態度だけでも目に余るのに、そこまでひどいとは思わなかった……)

「なんであんなのが王太子なんだ!」

口をついて出たラルサスの言葉に、情報員は律儀に答えた。

「王太子以外の子どもは亡くなった側室の子だからでしょうね。歳も十近く下ですし」

「それでも、廃太子にしてもいいぐらいだろ?」

「王妃が溺愛しているから、王は強く言えないようです。さすがにこの事実を知ったら考え直さざるを得ないでしょうが」

「腐ってるな!」

吐き捨てるようにラルサスは言った。

穏やかな彼にはめずらしい様子に、情報員は驚きつつも深くうなずいた。

さらに、ファンダルシア王はカルロのことを注意しないどころか、シャレードに丸投げしているという。その責任感のない怠惰な姿勢は、初めての舞踏会でラルサスが覚えた違和感そのままだった。

かつて強豪国として名を馳せたこの国が国力を落とし、凋落《ちょうらく》していっている現状が、このありさまからも理解できる。

勢いでいえば、今はヴァルデ王国のほうが上だった。

だから、第三王子といえども、ラルサスは丁重に扱われているのだ。


――廃太子にしてもおかしくないほどの情報……

情報員が帰ったあと、ラルサスは長いことなにか考え込んでいた。

手にはカルロの借金の証文がある。情報員がカルロの借金の一部を支払い、手に入れたものだった。

ラルサスは一つの解決策を思いついていた。

ただ、それはシャレードをひどく傷つけるものだ。

(本当にその手しかないのか……?)

肘をつき、頭を支えたラルサスの様子は、そうしなければ身を起こしていられないというように力なく、その顔は翳《かげ》りを帯びていた。そして、どこも見ていない瞳は沼底のように暗かった。

＊――＊＊＊――＊

シャレードはディルルバの音色にすっかり心を溶かされていた。

やわらかくなった心に、ラルサスの存在が染み入ってくる。

（ラルサス様は私を見てくれる。公爵令嬢でも王太子の婚約者でもなく、一人の人間として）

そんな人がいると思うだけで、シャレードはこれまでにない安らぎを感じていた。

少し垂れ目のラルサスの笑みを見ると、心が温かくなった。

（彼と話すのは楽しいわ……。お友達がいたら、こんな感じなのかしら？）

立場もなにもかも違うのに、ラルサスに親近感を覚えてしまった。

必要以上に彼と仲よくするのは余計な憶測を生んで、外聞が悪いというのはわかってはいたが、ラルサスに話しかけられるとうれしくて、距離を置くことはできなかった。

（クラスメイトですもの。交流があってもおかしくはないわ）

言い訳のように、シャレードは考えた。

そんなふうに精神は今までないほどに凪いでいたが、反対に身体は異変を訴えていた。

胸がズキズキと絶えず痛むようになり、それどころか、身体の節々にまで刺すような痛みを覚えるようになった。

もちろん、それを表に出すことはなかったが。

（早く精密検査を受けたほうがいいわね）

シャレードは、近いうちに主治医に検査をセッティングしてもらおうと思った。

ラルサスは休み時間になると、相変わらず令嬢たちに取り囲まれ、にぎやかな声に包まれている。

シャレードはぼんやりそれを見やりながら、心がざわめくのを感じていた。

「ラルサス様。今週末のイソール侯爵の夜会には出席なさいますか？」

「いいえ、残念ながら、まだお近づきになっていませんので」

「それは残念ですわ。それなら、今度うちの晩餐会にいらしてくださいな」

「あら、うちは舞踏会を企画してるんです。ラルサス様はダンスがお上手だと聞きましたわ。ぜひ披露していただけませんこと？」

「それなら……」

競ってラルサスを社交に招こうとする令嬢たちに、彼はおっとりと笑って、かぶりを振った。

「お誘いいただきありがたいのですが、まだ不慣れな身ですので、もう少しこの国のことを勉強してから参加させてください。それまでは、社交界のことを教えていただけますか？」

「まぁ、もちろんですわ！」

「なんでもお聞きになって！」

ラルサスを誘うのは失敗したが、情報を求められ、令嬢たちは喜んで次々と噂話を披露した。

それを彼は興味深そうに聞いている。

噂話が一段落したところで、ラルサスが尋ねた。

「そういえば、王太子殿下の仲がよろしい方はどなたなのでしょう？」

その質問に、令嬢たちは意味深に目を見交わした。

聞くともなく聞いていたシャレードは、わざわざそんな質問をするなんて、と眉根を寄せた。

彼女たちは口々に言う。

「そうですわね。マルネ男爵令嬢、シモーネ子爵令嬢……」

「リリス様もいるわよ？」

「あぁ、申し訳ない。男性ではどなたかなと思いまして。女性はよくお見かけするのですが」

ラルサスの言葉に、令嬢たちは少し困惑した表情で顔を見合わせた。

（どうしてそんなことを聞くのかしら？）

シャレードも不思議に思った。

「男性ですと、ダーレン侯爵子息、ディズモンド伯爵子息……」

「前に街でクライアス様とご一緒されているのを何度か見かけましたわ！」

「そのクライアス様というのは？」

「バーベル伯爵の三男じゃなかったかしら？」

それでも、さすが令嬢たちの情報力はすさまじく、次々とカルロの交友関係の情報が出てくる。

シャレードも馴染みがない名前があるほどだ。

「なるほど、参考になります。ところで、最近、社交界で変わったことなどありますか？」

「変わったこと？」

「私も話題に乗り遅れてはいけないと思いまして」

「あぁ、それなら……」

ラルサスの求めに、また令嬢たちが我先にと口を開く。

彼が世間話を装いながら情報収集しているように感じられて、シャレードは気になった。

そうした話題の中で驚くような話があった。

「最近、夜会で女性が媚薬を使われて部屋に連れ込まれるという被害があるらしいですわ」

「媚薬!?」

「部屋にって……」

噂を聞いたことがなかった令嬢たちがどよめいた。

ラルサスも媚薬という言葉に反応し、注意深く話に耳を傾ける。

「未婚の女性はそんなこと、訴えられないでしょ? 泣き寝入りしている方が何人かいらっしゃると聞くわ」

「まさか、そんなこと!」

自分に置き換えて想像し、彼女たちは青ざめた。

「許せない話ですね。あなた方は魅力的なので、十分お気をつけください」

「はいっ! 気をつけますわ」

ラルサスが心配そうに言うと、令嬢たちはパッと顔を明るくして返事をした。

でも、シャレードは彼が優しいだけの人物ではないと感じ、その目的はなにかと警戒する気持ちが湧いた。

それでも、ラルサスは事あるごとにシャレードに声をかけてくるし、熱いまなざしで見つめてきた。

（これにも裏があるのかしら？）

そう思うのに、シャレードの心は喜ぶ気持ちを止められなかった。


ある日、教室移動の際、二人が並んで歩いていると、シャレードがふらついた。

ラルサスは彼女を抱きとめる。

「大丈夫ですか？　医務室で休まれますか？」

「そうします。ありがとうございます」

まだ足もとがおぼつかないシャレードをいたわりながら、ラルサスは医務室へと向かった。

しかし、医務室の前に近づいたところで、中から淫らに喘ぐ声が聞こえてきた。

「あっ、あん、イイッ、そこっ、カルロ様、ああッ、イクッ、イクゥーーーッ」

「まだだ！　もっと俺を楽しませろ」

「アッ、そんな、やぁあ、今イッて……ああッ」

艶っぽい声だけでなく肉を打つ生々しい音まで聞こえてきて、二人は立ち止まった。

中でなにが行われているかは明らかだった。

シャレードが真っ赤になった。

「……中庭で休みましょうか」

ラルサスの言葉にシャレードは小さくうなずいた。

授業中なので、誰もいない中庭のベンチに二人は腰かけた。

先ほどの出来事にそれぞれショックを受けた二人は、しばらく無言でそこにいた。

「……婚約解消はできないのですか？」

沈黙から口を開いたラルサスは、怒りに打ち震えていた。

シャレードは感情を見せない瞳で彼を見返し、首を横に振った。

「あなたから言い出すことはできなくても、ファンダルシア王に訴えるとか、王太子に解消するよう仕向けるとかできるでしょう？　彼はあなたとの婚約を継続する意志がないように見えます」

なおも言うラルサスに、目を伏せたシャレードはまた静かに頭を振った。

すでに、カルロは何度も王にシャレードとの婚約の解消を訴えて、却下されているのだ。


「父上、もっとかわいげのある子を婚約者にしてください。シャレードなんておもしろみもないし、いつも私を見下してきて、ムカつくんです。マルネにしてくれたら、私はもっと公務に精を出します」

「なにを言っておるのだ。シャレードほど優秀で次期王妃にふさわしい娘はおらん。それにマルネは男爵令嬢ではないか。身分が釣り合わん。側室にでもすればいいだろう」

「じゃあ、他の子でもいいです。代えてください！」

「無理だ。代えられん！」

シャレード本人を目の前にして交わされた会話を思い出し、シャレードは暗い気持ちになった。

政治的バランスを取るために決められた婚約である上、王は優秀なシャレードにカルロの面倒を見させたいと思っているので、頑として取り合わなかった。

カルロの下には側室が産んだ歳の離れた王子と王女しかいないため、カルロが王太子になったのだが、王は彼の資質をいささか不安に思っているようだ。

婚約を解消して、フォルタス公爵ににらまれるのはごめんだとも思っているようだ。王権が弱くなった今、有力貴族のフォルタス公爵との結びつきが重要だった。

王妃もさすがにそれを理解していて、カルロが婚約の解消をねだっても、この件にはいっさい口を出さない。

シャレードは王の期待に応えるしかなかった。

（それでもこんな仕打ちはつらい……）

唇を噛んだ彼女の思考を、ラルサスの言葉が破った。

「もし婚約を解消できるのであれば……」

彼を見やると、翠《みどり》の瞳がひたっとシャレードを見ている。

「私があなたを娶《めと》りたい」

あなたがよければですがと、照れくさそうに言葉を続けたラルサスに、シャレードは息を呑んだ。

（ラルサス様と……？）

一瞬、彼とともに生きる幸せな未来を思い描いてしまい、それを掻き消すように頭を振った。

そんな未来は存在しないのだから。

「お心づかいはうれしいのですが、陛下が婚約解消を許すはずがありません」

己の感情を必死で心の中に閉じ込め、シャレードは抑揚のない声で答えた。でも、動揺で手が震える。それを目ざとく見つけられて、ラルサスに手を取られる。

「どうか私がそう思っていると心の片隅にでも置いておいてください」

本当はその手を振り払わなければならなかった。

しかし、シャレードはそれができずに、ただラルサスの熱を帯びた翠《みどり》の瞳を見つめた。

シャレードの水色の瞳にラルサスの熱が移っていく。

二人は見つめ合い、引き寄せられるかのように、ラルサスの顔が近づいた――

「すみません……」

急にラルサスが立ち上がった。

「シャレードはここでゆっくり休んでいてください」

そう言うと、彼は足早に立ち去った。

シャレードは茫然と彼を見送った。

ラルサスの唇が触れた頬を押さえながら。


――私があなたを娶《めと》りたい。

シャレードは夜になってもラルサスに言われた言葉を忘れられなかった。

照れくさそうな笑顔。そっと頬に触れた唇。

それらを何度も思い出してはドキドキしてしまう。

こんなことは初めてだった。

（ラルサス様はきっと私に同情してくれているだけ……）

そう自分をなだめるのに、気がつくと、彼とともにある未来を想像してしまう。

（きっとラルサス様とだったら、穏やかで心満たされる生活が送れるわ）

読書したり散歩したり、楽器を弾いたり……

なにもしなくても、ただともにいるだけで幸せを感じられる。そんな気がした。

そして、真逆の現実に慄《おのの》く。

シャレードは自分を認めず疎《うと》んでいる婚約者から逃げられない。彼女には責務があって、こんな気持ちは許されないのだ。

彼女は慟哭《どうこく》するように手で顔を覆った。

でも、涙は流さない。

唇を噛んだシャレードは、自分の気持ちに蓋をした。


翌日シャレードはまた倒れた。

「シャレード！」

走り寄ってすんでのところで彼女を抱きとめたラルサスは焦燥にかられたような顔をした。シャレードよりよっぽど顔色が悪い。

そんなに心配させてしまったのかと、シャレードは申し訳なく思った。

「ありがとうございます。もう大丈夫です」

立ち上がろうとする彼女をラルサスが抱きしめた。

「大丈夫じゃない……！」

苦しげな声に彼の憂慮を感じて、シャレードはその背中をなだめるようになでた。

「本当に大丈夫ですから」

彼女の動作にラルサスはハッとして、身を離した。ここが学校の廊下だと思い出したようだ。

シャレードに手を貸し、立ち上がらせる。

「……馬車まで送りましょう。お大事にしてください」

硬い表情のままで、ラルサスは彼女をエスコートした。

＊――＊＊＊――＊

――私があなたを娶《めと》りたい。

とっさに放った言葉だったが、ラルサスはその考えにとらわれ、その可能性を考えずにはいられなかった。

自国はなんとでもなる。すでにシャレードのことを報告している父王からは、奪ってこいとまで言われているぐらいだ。

問題はこの国の王らしいことはわかった。

あんなカルロを放置しているファンダルシア王。

カルロがシャレードを貶《おとし》めてもかばうことすらしないくせに、彼女に面倒を押しつけている勝手な人物。

そんな責任感のない王族のために、シャレードは犠牲になろうとしている。

ラルサスにはそうとしか思えなかった。

（シャレードがそんな責務を負うことはない！　婚約を解消するべきだ。そして……）

思いついた薔薇《ばら》色の未来のため、ラルサスがあれこれ画策していると、めずらしく申し訳なさそうな顔でフィルが声をかけてきた。

『あのさ～、ラルサス』

『なんだ？』

『言いにくいんだけどさ～』

『だから、なんだ？』

『あまり時間がないみたい』

『なんの……』

言いかけて、はっと気がついた。

『シャレードのか？』

顔を近づけたラルサスの視線を避けるように目を逸らして、フィルは言った。

『うん、今日の感じだとかなり進行が早いみたい。グズグズしてると、秘儀でも治せなくなりそうなんだ』

『嘘だろ!?』

『ほんとだよ〜。僕はウソつけないもん』

『悪い、つい……。どれくらいの猶予がありそうなんだ？』

『早ければ早いほどいいとしか言えないなぁ。若いからか、進行が早いんだ』

(そんな……)

フィルの言葉に、ラルサスは計略を巡らす時間がないのを悟った。

深い溜め息をつく。

「仕方ない、か……。どうやら、最初に考えたプランでいくしかないらしい」

そう言いながらも、本当にほかに手はないのか考える。しかし、どれほど考えてもすぐに解決できる方法はない。時間がかかってしまって、シャレードの病状が手遅れになるほうが恐ろしかった。

シャレードとともにある未来はしょせん夢でしかなかったようで、一瞬でも幸せな未来を思い描いてしまったラルサスは失意に暮れた。

『やっぱり秘儀をするの？　どうやって？　それに、本当にラルサスはそれでいいの？』

フィルがたたみかけるように聞いてくる。

『考えがあるんだ。私のことはどうでもいいが、シャレードを傷つけてしまうことになるな。でも、永遠に失うよりましだ……』

せっかくやわらかな表情を見せてくれるようになったのに、それが凍りつく様を想像して、ラルサスは苦しくて胸を掴んだ。暗い瞳で、沈み込む。

それでもやるしかないと思った。

『ラルサスの運命の人はやっぱりシャレードなの？』

『そのようだ。私はなにをおいてもシャレードを救いたい』

『なるほどね。そこまでの覚悟なら、協力するよ……』

フィルが神妙に言った。ラルサスの決意がわかったのだ。

『ありがとう』

彼のために落ち込んでくれるフィルの頭をラルサスは人差し指でなでた。

その人差し指に抱きついて、フィルは訴えた。

『ラルサスがどんな立場になっても、僕はずっとそばにいるからね！』

『それは心強いよ』

沈み込んでいた心が少し浮上して、ラルサスは微笑んだ。

第二章

翌日の放課後、シャレードはラルサスから談話室に呼び出された。

談話室は大小いくつかあり、申請すれば、貸し切ることができる。

ラルサスに指定されたのは、小さなテーブルとソファーがあるだけの小部屋だった。

(改まって、なんの用かしら?)

声をかけてきたときの彼の思いつめたような表情が気にかかる。

ノックして部屋に入ると、すでにラルサスが来ていて、長い脚を組んでソファーに腰かけていた。

熱のこもったまなざしがシャレードを見上げる。

しかし、彼の顔は常になくこわばったままだった。

「いったいなんの用ですか、ラルサス王子。私は忙しいのですよ?」

そこへカルロが文句を言いつつ現れた。彼はシャレードを見つけて顔をしかめる。

「なんでお前まで……」

シャレードもカルロまで呼ばれていたことに驚いた。

彼女に向かって文句を言いかけたカルロを遮《さえぎ》って、ラルサスはにこりと微笑んだ。

「お呼びだてして申し訳ありません。確認したいことがありまして……」

ラルサスがソファーを指し示すと、カルロは向かいのソファーにドサッと座り、脚を組んだ。

シャレードもその隣に腰かける。

嫌な予感がして、シャレードの動悸が速くなった。

普段通りの柔和な表情に戻ったラルサスの考えは読めない。

「部下がこんなものを見つけましてね」

ラルサスが一枚の紙をテーブルに差し出した。

カルロはひと目見て顔色を変えたが、すぐに「なんだ、それは」と横を向いた。

シャレードはその書類のようなものの文言を読み、「カルロ様！　これはいったい……」と咎《とが》めるように彼を見た。

それは借用書だった。しかも、個人ではとても返せないような額で、借りているのはカルロだった。

「王太子殿下はかなりの借金を抱えているようですね。賭場に出入りしているとか」

淡々と告げたラルサスに対し、シャレードは「賭場!?」と声を上げた。

信じられない話にめまいがした。

カルロは激昂して、がなりたてる。

「そんなのあんたには関係ないだろ！」

ラルサスはうなずき、静かに微笑んだ。

「関係ないかもしれません。でも、この事実をファンダルシア王が知ったら、どうなさるでしょうね？　さすがのあなたもお立場が危うくなるのではないでしょうか？」

ラルサスの言葉にカルロはさっと青ざめた。

そして、いきなり媚びたように背を丸め、すがるように言った。

「み、見なかったことにしてくれよ。なんでもするから！」

「カルロ様！」

「うるさい！　お前は黙ってろ！」

王族が言質《げんち》を取られるようなことは慎むべきだ。そう諭そうとしたシャレードは、怒鳴《どな》られて口をつぐんだ。

ラルサスはすっと冷たい目になって、カルロを眺める。

「なんでも？」

「ああ！」

「それなら条件が一つあります」

「なんだ!?　なんでも聞く！」

ぱっと顔を輝かせて、カルロが言う。

ラルサスは一瞬ためらったあと、はっきりと告げた。

「それでは、私はシャレードとの一夜を望みます」

「は？」

想定外のことだったらしく、カルロは間抜けな顔をしたが、次の瞬間、爆笑した。

「ハハハッ、そんなんでいいのか！　お安い御用だ。シャレード、ラルサス王子のお相手をして差し上げろ」

シャレードは驚き、固まった。

ラルサスの言葉もカルロの言葉もまったく理解できなかった。

いや、理解したくなかった。

（一夜って……）

ヴァルデ王国ではその言葉が表す意味が違うのかもしれない。

常に紳士的な彼がシャレードの意志を無視して、そんなことを望むはずはない。

シャレードは祈るようにそう考えた。

「でも……」

「婚約者である俺の役に立て。こんなに望まれているんだ。女冥利に尽きるだろ」

ためらうシャレードにカルロが勝手なことを言う。しかし、ラルサスはそれを否定してはくれなかった。

信じられない思いで、シャレードはラルサスに目を向ける。

礼節を重んじ、親切で丁寧だった彼が、こんなことを言い出すとはとても受け入れられなかった。

なにか意図があるのだと思いたかった。

「ラルサス様……うそ、ですよね……？」

彼は苦しげな表情でシャレードを見返したが、発言を撤回することはなかった。

シャレードは絶望で目の前が真っ暗になる。

カルロが一人だけ楽しげに笑っていた。

「澄ました顔して、ラルサス王子も男だったんだなぁ。最初からシャレードが気に入ってたもんな。初めてお前が婚約者でよかったと思ったよ、シャレード」

カルロは二人を見比べて悦に入っている。

ラルサスは鋭い目つきでカルロをにらんだが、黙っていた。

それにひるんだカルロが、おもねるようにラルサスを見る。

「ラルサス王子、シャレードのことは好きにするといい。それで交渉成立だな。このことはお互いに秘密ということで」

「あ……」

ラルサスがうなずくのを見て、カルロはにんまりと笑った。

カルロの下卑《げび》た表情を見るのが耐えきれず、シャレードは勢いよく席を立った。

「危ない！」

血の気が引いていたシャレードは倒れそうになったが、向かいからラルサスが手を差し出した。

ラルサスは前に倒れたシャレードを片手で支え、体勢を変えて抱き上げる。

「医務室に行きましょう」

「大丈夫です。下ろしてください！　一人で行けますから」

シャレードが拒否すると、カルロが立ち上がり、「いや、俺が連れていこう。婚約者だからな」

と彼女を奪い取った。

めずらしいこともあるものだと思ったが、心身ともに消耗していたシャレードは「ありがとうございます」と小さくつぶやいて、彼に身を任せた。


談話室と医務室は近い。

カルロはベッドにシャレードをどさりと下ろした。

医務室には誰もいない。放課後はたびたびカルロが医務室を利用するので、医務官は不在にするようにしていたのだ。

「ありがとうございます」

意外な親切に驚きながらも、シャレードがふたたび謝意を示すと、カルロはにやりと笑った。

その笑い方に、シャレードはなぜだかゾクッとする。

「どういたしまして。ちょうどいい薬があるから、これを飲めよ」

準備よくカルロが小瓶を取り出した。シャレードが戸惑って見ていると、「元気が出る薬だ」と押しつけられた。

蓋を開けて、口もとにまで持ってこられると飲まざるを得ない。

シャレードはその飲み薬を飲んだ。

変に甘ったるく喉に残る味だった。

でも、確かに飲んだ瞬間から身体がぽかぽかしてきた。即効性があるようだ。

（彼も申し訳なく思っているのかしら？）

常になく世話を焼くカルロの行動に、さすがの彼もシャレードの身を差し出すはめになったのを反省しているのかと思った。

用が済んだらさっさと帰るかと思ったカルロだったが、医務室を出ていくそぶりを見せない。

シャレードはもう一度、礼を言って、退室を促した。

「カルロ様、本当にありがとうございました。私はここで少し休んでいくので、先にお帰りください」

左胸はズキズキ痛むし、熱が出てきたのか、身体がほてって、早く休みたかった。

しかし、カルロは「そんなつれないことを言うなよ」と笑って、ベッドに乗り上げてきた。

「カ、カルロ様⁉」

驚いたシャレードをカルロが押し倒す。

「ちょうどいいから、ラルサスに奪われる前に味見をしておこうかなと思ってな」

舌なめずりするカルロにゾッとして、シャレードは身を起こそうとしたが、腰に跨《また》がられて動けない。その上、両手首を掴まれて、頭上に縫い留められた。片手で押さえつけられているだけなのに、振りほどけない。

「やっ！」

身じろぎするシャレードに構わず、カルロは制服のブラウスを乱暴に引っ張った。ブチブチとボタンが弾け飛び、下着があらわになる。

「おやめください！」

必死で抵抗するもカルロにはまったく通用せず、下着を引き下げられた。

豊かな乳房がまろびでて、カルロはそれを遠慮なく掴んだ。

「……っ！」

「意外と着やせしてたんだな」

胸を捏《こ》ねくり回しながら、カルロは勝手なことを言い続けた。

「ラルサスはお前の処女を渡せとは言ってないもんな。あいつのおさがりをもらうのはごめんだ。

俺のおさがりをあいつに味わわせてやろう」

そう言って、カルロはシャレードのスカートをまくり上げる。

閨教育を受けていたシャレードは、カルロがなにをしようとしているのかがわかっていた。いつかはしないといけない日が来るにしても、婚前《いま》ではない。

なにより、カルロに触れられるのは生理的に不快だった。

「いやっ、おやめください！」

「これは婚約者の権利だろ。それとも、処女はラルサスに捧げたかったか？　知っているんだぞ、あいつに色目をつかっていたのを」

「そんなこと、ございません！」

「じゃあ、問題ないな。じきによくなるさ。お前からもっとって腰を振るようになる」

淫猥な笑みを湛《たた》え、カルロはシャレードの下穿きを引き下ろした。

「いやあああっ！」

とうとうプライドの高いシャレードが泣き叫んだ。

「これは思ったよりそそられるな。氷の公女が淫らな身体をさらして泣いているとは。そのうち、気持ちよくて啼《な》いてねだる姿が見られると思うとたまらないな」

楽しげなカルロは片手でシャレードの手を拘束したまま、もう片方の手で胸を掴み、色づいた頂点に舌を這《は》わせた。嫌悪感の中に快感が混じって、ショックでシャレードは目を見開いた。

「いやっ、こんな……いやーーーっ！」

シャレードは髪を振り乱して叫んだ。

バンッ。

突然乱暴にドアが開けられ、ラルサスが姿を現した。

半裸のシャレードを組み敷いたカルロの姿を見て、怒りに打ち震えた。

「ヴァルデ王国の王子ともあろうお方が覗きとは趣味が悪い」

悪びれた様子もなく、カルロが言った。それにラルサスも応酬する。

「ファンダルシア王国の王太子ともあろうお方が、嫌がる女性に無理強いするとは無作法ではありませんか？」

「シャレードを望んだお前が言うな」

「……条件を追加します。シャレードに危害を加えるのはやめていただこう。さもないと……」

「わかった、わかった」

低い声で脅すように言ったラルサスに、興覚めした顔でカルロは身を起こし、立ち上がった。

そして、それ以上なにも言わずに医務室を出ていった。

「大丈夫ですか？」

近寄ってくるラルサスに、シャレードは慌てて下穿きを直して、胸を隠した。

自分の上着を着せかけたラルサスは、涙に濡れたシャレードの頬を拭った。

「あ……」

ラルサスに触れられ、ずくんと下腹部が熱を持つ。シャレードは思わず、声をあげた。

急に全身がカッと熱くなる。身体の奥が疼《うず》く。

（な、に……？）

身体の異変に戸惑い、自分を抱きしめた。

「あんっ」

その拍子に胸が服にこすれて、変な声を出してしまい、シャレードは頬を染めた。

（どうして？　私、どうしちゃったの？）

身体中が熱くて、肌の表面がざわざわして、妙な衝動に襲われる。

全身を触られて、身体の奥を満たされたい……そんな欲求に支配されそうで、シャレードは首を振って、意識を保とうとした。

その異変に気づいたラルサスは、憂いを帯びた瞳で彼女を見た。

「王太子殿下になにか飲まされませんでしたか？」

「そこの瓶の薬を……」

ラルサスは空になって転がっていた小瓶を拾い上げた。底にピンク色の液体が残っている。

それを確かめた彼は憤り、唇をかみしめた。

身を震わせているシャレードを切ない瞳で見つめ、なだめるように彼女の後ろ髪をなでる。

そして、溜め息を一つついて告げた。

「シャレード、これは凶悪な媚薬です。私の国で深刻な被害を出しているのと同じもののようです。最悪なことに、性行為で治めなければ心を壊しかねない代物なんです」

シャレードは息を呑んだ。

媚薬を飲まされたのだとすると、自分の状態の説明がつく。

狂おしいほどの情動が生まれ、心を追い立てていく。まるで自分が自分でなくなっていくようだ。気をしっかり持っていないと、恥も外聞もなく目の前のラルサスにしがみついてしまいそうになる。

(怖い……)

自分を抱く腕に力を込めても、その衝動は治まることなく、ますますシャレードを駆り立てた。

(こんなの、いやっ)

強い自制心を誇りに思ってきたシャレードにとって、自分を律しきれないという事態は非常につらかった。

そんな彼女を同情に満ちた目でラルサスが見る。

(見ないでほしい。こんな私、誰にも見られたくない！)

そう思うのに、身体は疼《うず》く一方で、気がつくと、ぽろぽろと涙をこぼしていた。

それをラルサスが優しく指で拭ってくれる。

「シャレード」

ラルサスがまた静かに彼女の名前を呼んだ。

悲しげに目を伏せてから、意を決したように視線を上げ、シャレードを見つめる。

静かな熱を秘めた瞳に魅入られたシャレードは、彼から目を離せなかった。

ラルサスは宣言した。

「今から、あなたを抱きます。私の権利を行使させていただきます」

シャレードの心は悲鳴をあげ、身体は歓喜に震えた。


ラルサスはそっとシャレードを押し倒した。

白いシーツに銀色の光が差すように美しい髪が広がる。

権利の行使と言われたシャレードは抵抗できなかった。

彼女の身体を隠していた上着が取り去られると、破かれたブラウスから豊かな胸がこぼれた。

それを隠す気力もなくて、シャレードはただラルサスを見上げた。

潤んだ水色の瞳でラルサスに訴えかける。

「ラルサス様……ほんとうに……？」

身体の熱を持て余し、思考がぼんやりとかすんでいく中、シャレードは心細げな声を出した。

苦悩したようなラルサスが彼女を抱きしめる。

「すみません。私はどうしてもあなたを失いたくないのです」

「それは、どういう……？」

「説明は……できません」

ラルサスは唇を噛んだ。

「そうですか……」

なにかの間違いだ、なにか深い理由があるのだとシャレードは言ってほしかった。

ラルサスがただの欲望のために自分を求めるのではないと。

苦しげな彼の表情を見ていると、言わないだけでなにか事情があるのだと思う。

理由なくこんな暴挙に出る人ではないと思うくらいには、ラルサスとの交流を深めていた。彼のことを信用していたのだ。

でも――

（権利の行使……）

今は媚薬の効果を鎮めるためだとはいえ、結局、自分はカルロによってラルサスに売られたのだ。

そう思うと、彼女は暗い気持ちになった。

シャレードはあきらめたように目をつぶった。

ラルサスは彼女の服を丁寧に脱がせていく。

シャレードはされるがままになっていたが、下穿きを下ろされるときに濡れているのがわかり、羞恥心のあまり身じろぎした。

布が皮膚を擦るだけで、嬌声をあげそうになって、ぐっと歯を噛みしめて耐える。

もっと触れられたい、身体の隙間を埋めてもらいたい、そんな欲望に頭が支配されていく。

あらわになったシャレードの裸体をラルサスが賛美するように見つめた。

その身体は優美な線を描き、透き通るような白い肌が情欲のため、ほんのりと色づいていた。形のよい胸の先端はかわいらしく尖り、銀色の繁みは蜜でしっとり濡れている。

猛烈な色香にラルサスはごくりと唾を呑み込み、しばし見惚れた。

ラルサスは宝物に触れるように、彼女の頭から髪の毛を伝って身体をなでていく。

彼は顔を近づけると、耳もとで「シャレード、綺麗だ……」とささやいた。

その低く艶っぽい声が鼓膜を震わせ、シャレードの脳を痺《しび》れさせる。

先ほどはカルロに触れられ、嫌で仕方なかったのに、媚薬のせいか、ラルサスに触れられたところからはジンとした快感が広がり、シャレードは身を震わせた。

頬を愛おしそうになでられる。ラルサスの息づかいを間近に感じると、シャレードはハッとして、顔を背けた。

「口づけはやめてください。娼婦は口づけを許さないといいます」

「娼婦⁉」

ラルサスが目を瞠《みは》った。

氷の公女らしい凍えた目でシャレードは彼を流し見る。顔は上気して、頭は媚薬に侵されているのに、彼女の矜持《きょうじ》がそう言わせた。

「あなたが、私を娼婦に貶《おとし》めたのでしょう？」

「違います！　そうでは……」

「私との一夜を所望され、カルロ様が許された。つまり私は売られた。そういうことです」

「………」

シャレードの糾弾に、ラルサスは目を伏せた。

「すみません、シャレード。でも、あなたを貶《おとし》めるつもりはないんです。ただ……」

彼はいったん言葉を切り、逡巡《しゅんじゅん》したあと、黙り込んだ。

切なさを増した瞳が彼女を見下ろす。

ラルサスは結局言葉を続けず、シャレードの唇の端に口づけた。

(どうして……？)

言い訳をしてくれない彼に、シャレードの心が凍えた。

「こんなことをして申し訳なく思いますが、言えないんです……」

ラルサスはもう一度つぶやくと、それを皮切りに本格的に愛撫を始めた。

額に口づけ、頬に口づけ、耳朶《じだ》を齧《かじ》り、首筋を舐める。

熱い息がシャレードの肌をくすぐり、彼の熱が伝わってくる。

ラルサスの指が胸の形をなぞるようになで、その先端を摘まんだ。

「ぁんっ」

思わず漏れた声にシャレードは両手で口をふさいだ。

こんな声を出す自分が恥ずかしかった。

「媚薬のせいですから、我慢しなくていいのですよ？」

口をふさいでいる手の甲に唇を落とし、ラルサスはささやく。

そう言われても、恥ずかしい声を出したくなくて、シャレードは唇を引き結んだ。

ラルサスはそんな彼女の右胸の尖りを親指で何度もなでたり押し込んだりした。そのたびにもどかしいような快感がシャレードの下腹部を疼《うず》かせる。

でも、なぜか彼は痛む左胸には触れなかった。

手で愛撫しながら、ラルサスは愛しげにシャレードの身体に唇を這《は》わせていく。

彼の唇に、手つきに、シャレードの身体は煽られていった。

彼女の心も身体も歓喜していた。

そう心も。

悔しいことに、触れられているとわかってしまう。

ラルサスに惹かれ、彼に抱かれるのを喜んでいる自分に気づいてしまう。

でも、それを認めるわけにはいかない。

自分は王太子の婚約者なのだから。

シャレードは媚薬で鈍った思考の中、必死で自分を抑えていた。

口づけを拒否してよかったと思う。

そんなことをしたら、想いがあふれてしまうかもしれないから。

「ふぅ、うっ……、あっ……」

そんなことを考えている間にも全身をなでられ、ラルサスの指が繁みの中の尖りに触れると、我慢していたのにシャレードは声を漏らしてしまう。

ピリリと痺《しび》れるような快感が全身に広がり、腰が跳ねた。

自分でも触れたことのないところなのに、ラルサスは的確に快感を与えていく。

そこを弄られるほどに愛液が滴《したた》り落ちて、シーツを濡らしているのが見なくてもわかる。

(早く早く、もっと……)

意識をしっかり保っていないと、そんな淫らな言葉がこぼれそうになってしまう。

「んっ、あぁんっ!」

とうとうラルサスがシャレードの秘められた場所へ指を入れたので、彼女は身をくねらせた。

中を擦られて、それが求めていた刺激だと悟り、腰を揺らす。シーツを握りしめる。

それだけでも刺激が強いのに、親指で外側の愛芽までくるくるとなでられると、シャレードはたまらず「あーッ、あぁーーッ」と背を反らせて達した。

涙がにじんだ目じりをラルサスの舌が這《は》う。不埒な手は乳房を捏《こ》ね、中に入る指は増やされて、広げるようにうごめいた。

(ダメ、あんっ、気持ちいい、いや、なの……、あぁ、でも、気持ちいい……気持ちいい気持ちいい、いい……）

シャレードはどんどん快楽に溺れていき、ラルサスが指を抜くと不満げに彼を見上げた。

ラルサスはくすりと笑い、「少し待って」と彼女の頬を指先でなでて、服を脱ぐ。

鍛えられた褐色の身体が美しい。その中心にそそり立つものを見て、シャレードはこくりと唾を呑み込んだ。

身体がそれを欲して、わななく。

ラルサスが彼女に覆いかぶさるように身をかがめた。

「シャレード、愛してる……」

吐息がかかる距離でささやかれる。

彼女はハッとして、その翠《みどり》の瞳を見上げた。

（ダメよ！）

湧き上がる喜びを無理やり心の底に押し沈めて、シャレードは目を逸らす。

それを見たラルサスは切なげな溜め息をつくと、彼女の頬にキスを落とした。そして、彼女の両脚を広げる。

身体の中心に彼自身のものを擦りつけられて、シャレードは新たな刺激に嬌声をあげた。

何度かそこを往復したあと、みしりと質量のあるものが彼女の中に入ってくる。

「ん、あ、ああ……」

自分の中が押し広げられ、切り裂かれていくのを感じる。

痛みはあるのに、それさえも快感に変換された。怖くなって、シャレードは無意識にラルサスにすがった。

彼はなだめるようになにかをつぶやき、髪をなでたり、頬にキスを落としたりしてくれたが、シャレードにその意味を理解する余裕はなかった。

とうとう二人の秘部が重なった。

（あぁ、ラルサス様！）

シャレードの身体は歓喜して、彼を締めつける。

「くッ……！」

ラルサスが苦しげに息を吐いた。

シャレードは切ないところが満たされた悦びにうっとりしていた。

彼に絡みつくように自分の中がうねっているのを感じる。

「愛してる……！」

ふたたび切なく訴えるような声でささやかれ、シャレードの心は波立った。

彼女はイヤイヤと拒否するように力なく首を振る。

それでも、ラルサスは愛の言葉を繰り返した。

「愛してる……愛してるんだ……」

直接鼓膜に吹き込むように耳もとでつぶやいて、ラルサスは彼女をきつく抱きしめた。

彼の想いが染み込むように伝わる。

（ずるいわ……）

そんな言葉は聞きたくなかった。

気持ちが抑えきれなくなってしまうのが怖かった。

それなのに、シャレードの身体は正直で、悦びに震えている。

ラルサスが彼女の額に口づけた。

「愛してる、シャレード」

「ラルサス様……」

熱く見下ろしてくる瞳をシャレードは見つめた。

彼女の水色の瞳は彼の熱に溶かされて、伝えることのできない想いが今にもあふれそうだった。

二人の視線は恋焦がれるように絡み合う。

初めて会ったときから、こうして惹かれ合っていたのだ。

でも、いち早くシャレードが気を取り直し、目を伏せた。

彼女にはどうしても捨てることができない立場があった。

ラルサスがそれでもいいというように、彼女の頬を包み込むように両手で挟んで、顔中にキスを降らす。

心を揺らしながらシャレードはそれを感じていた。

（彼の気持ちには応えられない。でも、今だけ。今だけは……）

シャレードは言葉の代わりに、そっと彼の腕に手を添えた。

目を閉じて、ひそかに惹かれた人と一つになれた喜びにひたる。

そのうち重ねた身体が疼《うず》き出し、シャレードが身じろぎした。

ラルサスは頃合いかと思い、腰を動かしはじめる。

短い間隔で秘部に身体を擦りつけられ、湧き起こる快感にシャレードは翻弄された。全身に回った媚薬のせいで感じやすくなっていた彼女は、ずぶずぶと快感の沼に沈んで喘いだ。

痛みがないことを確認したラルサスは、次第に動作を大きくしていく。

浅いところを突いてシャレードを啼《な》かせたかと思うと、グッと奥まで挿入して、彼の形を覚えさせるように腰を回した。

「あっ、あっ、あっ、そこ、イイッ、ああんっ……」

好いところが擦られて、シャレードの顔が蕩《とろ》ける。

くちゃくちゃと淫らな音が彼女を煽り、とめどもない快楽に突き落とす。

すっかり快感に溺れてしまって、シャレードは身体を押しつけ、彼をもっと奥に誘い込もうとした。

それに気づいたラルサスがシャレードの脚を折りたたみ、腰を打ちつける。

「あ、んっ、ふかい……！」

浮かされたようにつぶやいたシャレードは、もはや自分がなにを言っているのかわかっていなかった。ただただ彼を感じていた。

ラルサスの抽送が容赦なくなっていく。

何度も突かれて、シャレードは目の前がチカチカした。

身体の奥深くまでラルサスに満たされて歓喜の声をあげる。

(もっと、もっと、もっと……)

シャレードはラルサスにしがみついて、夢中で交わった。そして、限界がくる。

「ああッ〜〜!」

盛大に達して、シャレードはこれでもかというほど彼を締めつけた。ラルサスも彼女の奥に熱い飛沫を注ぎ込む。

シャレードが身体を震わせ、荒い息をついている間に、ラルサスはなにかの儀式のように厳かに、彼女の手に口づけ、足先に口づけ、額に口づける。唇を許していなかったからか、口づけた指をシャレードの唇に押し当てた。

彼女の中をなにかが通り抜けて、急に身体が軽くなったような気がした。

(今のはなに?)

性的なものではなかったと、シャレードは媚薬で濁《にご》った頭でぼんやり考えた。

でも、まだ治まらない情動が彼女を苛《さいな》み、シャレードはねだるようにラルサスを見た。

「大丈夫。媚薬が抜けるまでお付き合いします」

ラルサスが微笑み、彼女の髪をなでた。

なにをされても気持ちいいとしか認識できなくなっていたシャレードは素直に目を細める。

そんな彼女を愛おしげに見つめ、ラルサスはその口端に唇を落とした。

大きな手がシャレードの左胸を確かめるようになで回す。

痛んでいたはずのそこにも今は快感しかなく、彼女は喘いだ。

ツンと立ち上がっていた尖りを口に含まれると、下腹部が疼《うず》き、入ったままの彼のものをキュンキュンと締めつけた。

ムクムクと彼のものが大きくなり、彼女の膣壁を擦り上げる。シャレードは悦びに震えた。

乳首を舌で転がされながら、ぬちぬちと腰を動かされて、脳が痺《しび》れるような感覚にシーツを握りしめた。

「もっと……」

貪欲に快楽を求めたシャレードは手足をラルサスに巻きつける。

それに応えたラルサスは、全身を押しつけるように腰を動かし、彼女の奥深くを何度も満たした。

ぴったりと重なったまま、腰を押しつけ合い、快楽に耽《ふけ》る。

ラルサスの手が彼女を確かめるように、髪の毛を梳《す》き、頬をなぞり、そこかしこを愛撫する。まるで心に彼女を刻み込もうとしているかのように。

その愛撫と激しい抽送によって、深いところから湧き上がる快感が甘く全身に広がり、シャレードを呑み込んだ。

「ああーーっ」

絶頂の波がなかなか治まらないのに、さらに腰を打ちつけられて、背を反らせ快楽を流そうとする。でも、押さえつけられているので、それも叶わず、もう一段高いところに押し上げられて、悲鳴のような嬌声をあげた。

ビクンッ。

激しく痙攣《けいれん》して、弛緩する。

腹の奥に熱いものがほとばしるのを感じた。

「はぁ……」

シャレードは気持ちよさに溜め息をついた。

彼のものを注ぎ込まれて、身体が悦んでいるのを感じる。それでも、媚薬に侵された身体は貪欲で、なかなか満足しようとしない。新たな快楽を求めた。

「もっと欲しい……」

すっかり理性を失っているシャレードがつぶやくと、ラルサスが熱い瞳で見下ろした。

「いくらでも差し上げます」

耳に口づけられ、ささやかれた言葉に、シャレードの身は期待に震えた。

彼女を抱いたまま身を起こしたラルサスは腰を擦りつけながら、胸の先端を口に含んだ。

「あぁん」

甘い声をあげ、シャレードは身を反らす。

胸に吸いつく彼の髪を掻き乱して、快楽をねだるように自らも腰を動かした。

擦れる秘部が気持ちよくてたまらない。

そのうち、ラルサスがシャレードの腰を持ち、突き上げはじめた。

ぱちゅ、ぱちゅと淫らな水音が響き、いっそう彼のものを締め上げる。

「あっ、あっ、あっ……気持ちい……」

シャレードは彼の首もとに掴まり、身をくねらせた。

深くまで彼のものが突き刺さり、そのたびに、頭を痺《しび》れさせるような快感が彼女を襲う。

突き上げが激しくなり、シャレードは揺さぶられた。

とうとう快楽の限界がきて、声もなく、背を反らせて、達した。

ラルサスも同時にイって、彼女の中に精を注ぎ込む。

「ッ、ハァ……ハァ……」

荒い息のままのラルサスに抱きしめられて、シャレードも抱き返した。

ビクビクと痙攣《けいれん》している彼女の中が快楽の余韻を楽しんでいる。

彼とぴったりくっついて満たされた気分になった。

渇きのような狂おしい衝動がようやく治まった気がする。

ラルサスはそれを見て取って、まだ息が整っていない彼女から自身を抜き、布で愛液と精があふれ出している秘部を拭ってくれた。彼女の頬に貼りついた髪を直して、もう一度腕に囲う。

シャレードは激しい快楽の沼から抜け出ておらず、ぼんやりとラルサスを見ていた。

じわじわと思考が戻ってくる。

ふいにシャレードの瞳に、理性の光が戻った。

途端に羞恥が湧いてくる。

「いやっ！」

シャレードはラルサスの胸を突き飛ばし、その腕から逃れた。顔を赤く染め、シーツに包《くる》まる。

先ほどまでの自分の行動が信じられない。

彼を激しく求めてしまった。

シャレードにはそんな資格はないのに。

心を落ち着けるために一度ゆっくり目を閉じた。

次に目を開いたときには、シャレードはいつもの凪いだ湖のような瞳になっていた。

「お引き取りください。もう義務は果たしたはずです」

彼女はシーツをまとい、冷静な声と瞳でラルサスにそう告げた。

一瞬前までの熱情を感じさせない表情に彼の瞳が翳《かげ》った。

それでも、切望するようなまなざしでラルサスは言った。

「私はあなたを娶《めと》りたいと思っています」

「それは無理です」

シャレードの瞳は一瞬揺れるが、きっぱりと返す。

たとえ今回のことを知っても、ファンダルシア王がカルロとシャレードの婚約を継続するだろうことは自明だった。

「今日のことは忘れてください。私も忘れます」

「……あんな王太子を支える必要はないでしょう？」

「どうしようもないのです。私はカルロ様の婚約者なのですから」

シャレードがそう言うと、ラルサスはなにか言いたげに口を開いたが、結局、深い溜め息だけを漏らした。

ベッドの下に落ちていた服を拾って身づくろいしたラルサスは、自分のシャツを差し出した。

「よかったら、これを着てください」

そう言われて、シャレードは自分のブラウスが破かれていたことを思い出す。

一礼して受け取ると、彼はほっとした顔をした。

「着替えたら、馬車まで送っていきましょう」

「いいえ、結構です」

ラルサスはそう言ってくれたが、シャレードはそっけなく返した。

冷静な表情を顔に貼りつけているが、心中は荒れ狂っていて、早く一人になりたかったのだ。

彼女の冷たい声からそれを察し、ラルサスは「そうですか」と溜め息まじりに言った。そして、言いづらそうに続けた。

「あの媚薬は避妊効果がありますので、ご心配なさらないでください」

「……っ！」

そこまで思いが至っていなかった。

シャレードは息を呑んだあと、かすかに頬を染めて、うなずいた。

素肌にブレザーを羽織ったラルサスは気づかわしげにシャレードを見つめたあと、医務室を出ていった。

彼の姿が消えるなり、シャレードは顔を覆った。

叫び出したいような気分だった。

悔しくて悲しくて恥ずかしくて、消えてしまいたくなる。

なにより彼の手を取れない自分がつらかった。そう思ってしまう自分が情けなかった。

しばらく泣いた彼女は服装を整え、馬車へと向かった。


馬車で待っていた侍女はシャレードの姿を見て、息を呑んだ。

男物のシャツに泣いた跡が残る頬。なにが起こったのか一目瞭然だった。

「その……大丈夫でしょうか？」

「大丈夫よ。なんでもないことだわ」

気づかう侍女に、シャレードは言い切った。少しも大丈夫ではなかったが、自分に言い聞かせるように。


身体中にラルサスに触れられた感触が残っている。

特に、奪われた純潔の跡はまだ切なく疼《うず》いている。

媚薬のせいだとはいえ、自分も夢中でラルサスを求めてしまった。

彼と抱き合い、溶け合い、腰を押しつけ合った。

彼に愛され、満ち足りた。

――愛してる、シャレード。

あんなことを言われたら、心が痛くて、たまらない。

（どうして、私はカルロ様の婚約者なの？）

忘れると自分から言ったのに、思い浮かぶのはシャレードを求める翠《みどり》の瞳で、胸が苦しくなる。

忘れたい。でも、とても忘れられることではなく、嗚咽《おえつ》をこらえ、唇を噛みしめた。


翌日、シャレードは登校する気分になれなくて学校を休んだ。

公務以外で休みを取ったのは初めてかもしれない。

食欲もなく、お茶だけ用意してもらい、メイドを下げた。

自室のソファーでぼんやりする。

昨夜はさんざん泣いて、涙は枯れた。こんなに泣いたのも初めてだった。

今はただ虚無感に支配されている。

（結局どうしてラルサス様は私を抱いたのかしら？）

昨日は媚薬のせいか、すっかり彼に絆されてしまったけど、ラルサスがカルロと取引をして、シャレードの身体を手に入れたことには変わりなかった。

（なにが目的だったんだろう？　私とカルロ様の婚約を解消させたがっていたけど、もしかしてそれによって、ヴァルデ王国の益になることがあるのかしら？　自国の者をカルロ様と結婚させたいとか？）

そう考えると、ラルサスの愛の言葉も疑わしくなってしまう。

きっと彼はカルロと違って、目的のためなら演技できる人だと思う。あの瞳が偽りだとは思いたくはなかったけれど。

「はぁ……」

シャレードは深い溜め息をついた。

（皆、私を都合のいい道具かなにかだと思っているのね）

急激に熱が冷めていく。

それでも、あの翠《みどり》の瞳や甘い言葉を思い出すと、心がざわついてしまう。

（もう彼とは関わらないようにしよう）

カルロも父も王もラルサスも、皆、シャレードを自分の都合でしか見ていなかった。

幼いころから、次期王妃となるために努力してきた。

それを誰かにねぎらってもらいたいとは思っていなかった。自分がわかっていればいいことだったから。でも、ラルサスにこれまでの努力を認めるような言葉をかけられ、それがうれしいことだと気づいてしまった。

（それなのに……）

悲しい思いが頭の中をぐるぐると回って離れない。

シャレードはまた溜め息をついた。

すると、ふいに気づいた。

ラルサスばかり責めていたけれど、媚薬を飲ませたのはカルロだったし、なにも疑わず、飲んだのは自分だった。

あんな状態にならなければ、ラルサスもシャレードを抱いていなかったかもしれない。

彼が所望したのは、シャレードとの一夜というだけで、具体的なことはなにも言われていなかったのだから。

（それでも、ラルサス様は否定しなかったわ）

彼に純潔を奪われたのは事実だ。言い訳すらしてくれなかった。

ただ、愛してると言うだけで。

シャレードをとても大事に扱い、愛してくれたことは、初めてで媚薬に浮かされていても感じていた。

愛おしそうになでる手の感触。彼の熱い吐息。何度も愛をささやいた唇。繋がったとき、思わずといったように漏れたひそやかな笑み……

思い出すと、胸がキュッとなり、慌ててかぶりを振る。

（やっぱりすべて演技かもしれないわ）

シャレードは無理やり思い、自戒した。

（それに……）

今後のことを思うと、溜め息しか出ない。

シャレードがラルサスに純潔を奪われたので、カルロはなんとしてでも婚約破棄しようとするだろう。彼が原因のことだとしても。

彼の性格からしたら、そうすることは目に見えている。

それ自体はいい。

自分だって王太子の婚約者の立場にこだわっているわけではないのだから。

きっとカルロは、シャレードが王太子妃に相応しくないと王に訴えるだろう。

借金を知られるわけにはいかないから、ラルサスとのことは言わないかもしれない。どちらにせよ、なにか理由を作って、彼女を非難するに違いない。

(今度はどんなひどいことを言われるのだろう?)

それを想像するだけで、シャレードは憂鬱《ゆううつ》でたまらなくなった。

＊――＊＊＊――＊

自宅に帰るとラルサスはソファーにぐったり身を預け、ふーっと息を吐き出した。

シャレードの氷のようなまなざしが頭から離れない。

それと同時に、瞳を蕩《とろ》けさせ、喘ぐシャレードの顔も。

額に手を当て、沈み込む。

そこにふよふよとフィルが飛んでくる。

『ラルサスはよくやったよ。シャレードの病気は治ったんだしさ〜。よかったじゃないか』

落ち込むラルサスをフィルがなんとかなぐさめようとした。

『そうだな。ありがとう。目的は果たしたんだ。喜ばないとな』

これで、シャレードが死ぬことはなくなった。

癒しの精霊であるフィルの加護がついたので、よほどのことがない限り、病気にもかからないだろう。

精霊付きは運命の人と交わることによって、その相手に精霊の加護を与えることができる。

ラルサスなら、最大限の癒しの力を。

ただ、その相手は生涯たった一人だけ。秘儀を行った後は、他の者と番《つが》うことができなくなる。

それは精霊の理だ。秘儀を行い、精霊が加護を与えた以上、他の者との関係は許されないのだ。

フィルの意志ではどうにもならないことだった。

つまり、ラルサスはその唯一をシャレードに決めたのだ。

その後の自分の人生を捨てて。

(運命の人を救えたんだ。それでよしとしなくては)

ラルサスは自分で自分をなだめた。そして、頭を切り替えようとする。

(シャレードの問題は片づいたから、密輸問題に本腰を入れねば)

悪質な媚薬の効果を実感し、あれをのさばらせておくわけにはいかないと強く思った。

あんなに意志の強いシャレードでさえ、欲望に呑み込まれていた。

密輸問題を早く解決しなければ、どんどん被害者が増える。

(だいたい、なんでカルロがあの媚薬を持っていたんだ？　まさか、密輸に関係しているのか？)

ありえないと思いつつ、カルロの素行を考えると完全には否定できない。

『なあ、フィル。シャレードが使われた媚薬は本当にうちの国で出回っている物と同じなのか？』

現物はすでに検査に出したので数日で結果がわかるが、ラルサスはフィルに聞いてみた。

シャレードに使われた媚薬が、ヴァルデ王国に密輸されていたものと同じだと言ったのは、フィルだったのだ。

『同じだと思うよ〜。あの変に甘ったるい匂いとか妖しく光る様子とかが一緒だったし』

『光っているのか？』

『うん、僕にはそう見える』

精霊とは物事の見え方が違うようで、生まれたときから一緒にいるラルサスであっても初めて知ることも多い。

自信満々のフィルにラルサスはうなずいた。

(媚薬が同じものだとしたら、カルロはやはり密輸に関わっているのだろう。この国の舞踏会でも媚薬が使われているという噂だったな。まさか黒幕がカルロなのか？)

そう考えたが、ラルサスはすぐ首を振って、自分で否定した。

(いや、あの短絡さでは、いいように操られていると見たほうがいいか)

ラルサスは思い切り顔をしかめた。

王族たる者がどのような形であれ、犯罪に関わっているというのが信じられない。

（あんなのが王太子でいいのか？　廃太子にするべきだ。そうなったら、シャレードとの婚約が解消されるはずだ）

――私はあなたを娶《めと》りたいと思っています。

――それは無理です。

シャレードの拒否の言葉がよみがえり、胸を刺す。

ラルサスはかぶりを振った。

（そうじゃない。私はみすみすシャレードが不幸せになるのを見たくないだけだ）

彼は情報員を呼び出して、すぐ調査させることにした。

「カルロが例の媚薬を持っていた。それに、この国の貴族令嬢にも媚薬の被害が出ているそうだ」

「私も舞踏会の噂は聞きました。ということは、やはり貴族が絡んでいそうですね。まさか王太子が流通させているというわけではないでしょうが」

「さすがのカルロもそこまでバカではないだろう。自国民に被害を与えるなど……」

「どうでしょうね。バカだとは思いますけどね」

カルロを調査して、そのクズっぷりに辟易《へきえき》している情報員は辛辣だった。

「どちらにしても、王太子の交友関係を至急調べてくれ。どこから媚薬を入手したのかわかれば、犯罪組織に繋がるだろう」

ラルサスはそう言い、令嬢たちから入手したカルロの交友関係を伝えた。

「だいたい調べ終わったやつらですね。ただ、クライアス・バーベル伯爵子息というのは初耳です」

「至急調べてくれ。カルロを賭け事に誘導した者はわかっているのか？」

「それがまだでして……」

「私ももう少し調べるよ」

ラルサスの目的に、カルロを廃太子にすることがひそかに加わった。

＊――＊＊＊――＊

いつまでも休むわけにはいかないので、シャレードはその次の日には登校した。

普段通りの静かな湖を思わせる佇まいで、何事もなかったように席につく。

焦がれる瞳で見つめるラルサスと目が合っても、彼女の冷たい目は素通りした。

どうしたって彼に応えることはできない。

それならば、わざわざ心が乱れる原因に近づかなければいい。

でも、彼の傷ついた顔が目の端に入ると心が揺れる。

昨日一日、鬱々《うつうつ》と考えて過ごし、割り切ったと思ったのに、まだ全然ダメだった。

それはそれとして、生真面目なシャレードのカバンの中には、メイドが洗って綺麗に畳んだシャツが入っていた。

この制服は規定の店に発注して仕立ててもらわないといけないので、すぐに替えを用意するのは難しいはずだ。

ラルサスが何枚用意しているかわからないが、不便を感じることを心配していた。

なにより借りたままなのは、律儀なシャレードにとって気持ちが悪かった。

でも、ひたすらシャレードを見つめる熱い視線を感じて、逆に近寄れなかった。

厄介なことに、そのまなざしを見ると、身体が熱いような、疼《うず》くような感覚に襲われてしまうのだ。

甘い吐息が漏れそうになって、シャレードは唇を引き結んだ。

彼にすべてをさらけ出し、快楽に耽《ふけ》った記憶がある。そして、あの熱い瞳で愛しげに見つめられたのも。

——「愛してる……」

頬をなでられ、唇以外のあちこちへキスを落とされ、何度も愛をささやかれた。

そのたびに心が蕩《とろ》けて、彼にしがみついた。

誰かにあんなに求められたのは初めてだった。

身も心もすべて彼に差し出したくなった。

自分がすがったたくましい胸を、肌の感触を、思い出してしまい、ズクンと下腹部が疼《うず》く。

彼と繋がった悦び、満たされた想い、目もくらむような快感……

ぜんぶ覚えている。

シャレードは自分を落ち着かせようと、目を閉じた。

（あれは媚薬のせい。ただ、それだけよ）


シャツを返せないまま、シャレードは放課後を迎えた。

そんな日に限って公務があり、カルロを連れていかなくてはならない。

カルロを探して、彼のいそうな食堂、中庭、医務室を回る。

医務室の前で、マルネ男爵令嬢と腕を組んだカルロを発見した。

「カルロ様、本日はコンシーニ地方の領主の陳情に立ち会わなくてはなりません」

「俺が陳情なんか受けても意味ないだろ」

「意味はあります。どういう陳情があり、陛下がどう対処なさるかを学ぶために……」

「あー、うるさいっ！　そんなことより、お前、ラルサスに抱かれたのかよ？」

カルロが嫌な笑いを浮かべ、平静だったシャレードの顔に動揺が走った。

横で聞いていたマルネが息を呑む。

「ハハッ、お前のそんな顔は初めて見た。あの媚薬は傑作だろ？　ずいぶん楽しんだんじゃないか？　持続時間も長いからな。家に帰れたのか？」

カルロの言いぐさに、さすがのシャレードも腹を立てて、キッとにらむ。

そんな羽目になったのも、もとはと言えばカルロのせいだからだ。

カルロがラルサスの申し出を受けなければ、媚薬を飲ませなければ、あんな事態にはなっていいなかったのだ。

シャレードが怒りのため黙ったまま、なにも答えないと、カルロはふいに目つきを鋭くして、言い放った。

「俺におとなしく処女を差し出しとけばよいものを、他の男に奪われた女を妃になんかできるかよ！　絶対に婚約破棄するからな！」

言うだけ言うと、カルロはマルネを連れて医務室に入り、シャレードの目の前でバタンとドアを閉めた。カチャリと鍵をかける音がする。

シャレードはあっけにとられて制止できなかった。

すぐに医務室の中からはくすくす笑いと、衣擦れの音が聞こえてきて、シャレードは顔を赤らめてその場を立ち去った。

仕方なく、一人で王宮へ向かう。

（婚約破棄？）

そう言われても、なにも心が動かなかった。

（それもいいわ……）

王族のくせに賭場に出入りし、借金をこさえ、自分を尊重してくれないどころか、尊厳さえも踏みにじろうとするカルロと結婚していいのだろうか。本当にそんな彼を支え続けるのか。

シャレードは疑問に思えてきた。

——あんな王太子をあなたが支える必要はないでしょう？

ラルサスの言葉通りだと思った。

今まで義務だと思って思考停止していた。敢えて考えないようにしていた。でも、その疑念があふれ出てきた。

結婚しても、彼女は貶《おとし》められる一方だろう。きっと死ぬまで。

ならば婚約破棄されたほうがいい。そう思ってしまった。

幼いころから王妃教育を受け、父にも王にも期待を寄せられ、自分の道はそれしかないと思っていた。

でも、婚約破棄されて修道院にでも入ったほうがマシかもしれないと初めて思ったのだ。

彼女に見えていた世界が一気に変わった。


王宮に着き、シャレードは王にカルロを連れてこられなかったことを謝罪した。

王はカルロには困ったものだと溜め息をついたが、シャレードをねぎらうことはない。たぶんカルロを注意することもないのだろう。

さめた目で見ると、そんな王の在り方は正しいのだろうかとやはり疑問に思った。

「恐れながら、陛下。カルロ様はもう私ではとてもお相手できないのではないでしょうか」

シャレードがそう言うと、王はギョッとして、急に猫なで声で言った。

「いやいや、お前はよくやっておる。シャレードでないとあやつは動かん。これからも頼むぞ」

「もったいないお言葉です……」

シャレードは静かに頭を下げた。

いつもはそう言われると、責任感が増すのに、今のシャレードには響かなかった。

＊――＊＊＊――＊

シャレードが王宮を去ったずいぶん後に、カルロが戻ってきた。

彼はずかずかと謁見の間に入り、「父上、お話があるのです」と言った。

「なんだ、カルロ。今は陳情を受けているところだ。後にしろ」

乱入してきたカルロに、王はさすがに顔をしかめた。

しかし、カルロはフンと鼻を鳴らし、陳情中の者をにらみつける。

「……というわけでして、あの……その、陛下、続きはまたの機会をいただけたらと……」

にらみつけられた者はどうにか陳情を続けようとしたが、カルロの無言のプレッシャーに負け、退いた。

にやりとカルロが笑い、父王に向き合った。

「陳情は終わったようですね」

「お前が終わらせたんだろう。で、なんの話だ？」

王はおもしろくなさそうな顔で言った。

「シャレードとの婚約を破棄してください」

「また、その話か。ダメだと言っておるだろう」

それだったら話は終わりだとばかりに、王は手を振った。

しかし、カルロは聞かなかった。

「今度は明確な理由があるのです。シャレードは処女を失いました」

「は？　なんだと？」

「ラルサス王子に処女を奪われたのです」

「なんてことだ！　ヴァルデ王国に猛抗議しなくては！」

ラルサスがシャレードを襲ったと思った王は怒りに顔を染め、声をあげた。

そうされては困るカルロは慌てて父王をなだめた。

「合意だったのですよ。だから、婚約破棄して、シャレードをあいつにくれてやりましょう」

「そんなわけにいくか！　合意となれば、シャレードは不貞を働いたということだ。処罰せねばならぬ」

シャレードが処罰されたら、ラルサスが黙っていないだろう。

カルロはまずいと思い、シャレードをかばう発言をした。

「いいじゃないですか。お互い様ですし」

「……言われてみれば、そうだな。それなら婚約破棄しなくてもよかろう？」

にやっと笑い、王が言った。

「それに処女であるかないかは、お前にしかわからんのだから、問題ない」

「じゃあ、シャレードが非処女だと広まったら……」

「ほう、そんなことを企んどるのか？　自分が恥をかくだけだぞ？」

カルロは舌打ちしそうな顔で黙った。

そんな噂を流したら、ラルサスにも報復されてしまうことに気づいたのだ。

噂を広めるように指示したマルネに口止めをしておかねばと思った。

「話はそれだけか？」

「……はい」

カルロは不服そうに、足音荒く謁見の間を出ていった。

王はますます自分の息子に不安を覚え、お目付け役の必要性を痛感する。

カルロの相手はシャレードしか務まらないと思いを新たにした。

＊――＊＊＊――＊

翌日、少し早めに学校に来たシャレードはラルサスの机の上に、袋に入れたシャツを置いた。

さんざん迷った末、『ありがとうございました』とだけ書いた水色のカードを添えて。

カードを選ぶのでさえ迷ったあげく、繊細な透かし模様の入ったお気に入りのものにしてしまった。

（だって、センスを疑われるのは不本意ですもの）

なんとなく自分に言い訳をする。

ラルサスが登校して、カードを見ると、パッと明るい表情になり、シャレードのほうを見た。

でも、シャレードが無表情のまま目を逸らしたので、すぐ落胆した顔になる。それでも、大事そうにそのカードを胸ポケットにしまう彼が見えて、胸がざわついた。

第三章

「シャレード様、精密検査の準備ができました」

家に帰ったところで、主治医からそう言われて、シャレードは目を瞬いた。

そういえば、検査を頼んでいたのだった。あまりに衝撃的な出来事の連続に、すっかり忘れていた。

しかも、気がつくと、あんなにズキズキ痛かった胸や関節がなんともなくなっている。

(いつからかしら?)

不思議に思い、シャレードは考えた。

つい最近まで痛みはあったはずだ。

カルロに医務室で媚薬を飲まされたのもそのせいだった。

(その後は……?)

ショックなことが続きすぎて、シャレードは覚えていなかった。

心は痛んでいたが、身体的には痛みはなかった気がする。

それでも、いつぶり返すかわからないので、彼女は精密検査を受けることにした。


主治医が連れてきた医者は、よりによってラルサスと同じ褐色の肌をしていた。

シャレードはハッと目を見開いた。

「初めまして、シャレード様。リカルド・ヴァラルと申します。本日は検査を担当させていただきます」

うなずきながらも、シャレードはリカルドをしげしげと見た。

彼は愛嬌のある顔をした壮年のふくよかな男性だった。もちろん、ラルサスと背格好も全然違う。

（髪色も違う、瞳の色も違う、顔かたちも……）

肌色以外は違うからこそ、逆に医者との違いを並べあげて、ラルサスの姿を鮮明に思い浮かべてしまった。

「あなたはヴァルデ王国の出身なのですか？」

「そうです。といっても、この国に来てからもう二十年が経つので、勝手にここを自国のように思っておりますが」

ほがらかに話すリカルドに主治医が付け加えた。

「こいつはこの国に留学に来たときに奥さんに一目惚れして、そのままここに居ついたんですよ」

「留学して、一目惚れ……。ヴァルデ王国の方は皆そんなに情熱的なのですか？」

「う〜ん、どうでしょうか。人によると思います」

ついラルサスのことを考えてしまって、シャレードは目を伏せた。

彼の瞳はいつも熱い。

「それでは、診察を始めましょう。申し訳ありませんが、上半身だけ下着のみになっていただけますか？」

今日はあらかじめそういう話があったので、客間を人払いしてある。

シャレードは控えていたメイドに目で合図して、ドレスを脱がせてもらう。

ソファーに腰かけたシャレードにリカルドが質問しながら、小さな器具を当てた。

「これは身体の中を診る器具なんですよ。ヴァルデ王国特有のものです」

そう言って、リカルドが器具をシャレードの胸に当てたとき、彼は驚いたように眉を上げて止まった。そして、なにかを聴くように首を傾げた。

「なにか……？」

不安に思い、シャレードが聞くと、リカルドは安心させるように、穏やかに微笑んだ。

「大丈夫です。シャレード様は健康体です」

「もうわかったのですか!?」

たった一度器具を当てただけなのに、やけにきっぱりと言うので、シャレードは驚いた。

確かにもう身体の不調はないが、なぜ治ったのかもわからないし、あんなに痛みがあったのに、自然に治るものかと疑問にも思った。

「シャレード様の場合、わかりやすかったのです」

「わかりやすいなんて、あるのですね」

「はい。ときに、シャレード様の周りにヴァルデ王国出身の者がいるのですか？」

唐突に質問されて、シャレードは動揺した。

まさに頭から追い出そうとしていた人物をまた思い出してしまう。

とっさに眉をひそめたシャレードを見て、リカルドは意外そうな顔をした。

「その方とは仲違いでもされましたか？」

医者というより占い師ではないかと思うような指摘に、シャレードはいぶかるような視線を向ける。

その表情にリカルドはしまったというように苦笑して、謝った。

「立ち入ったことをお聞きして、申し訳ございません」

「いいえ。その方と私はなんの関係もありません」

「でも、そんな……」

シャレードが言い切る。感情を抑えて言うと、冷たい声になってしまった。すると、なぜかリカルドは目を瞠《みは》って、なにか言いたそうにした。

しかし、いったん口を閉じて逡巡《しゅんじゅん》したあと、祈るような口調で言う。

「きっと……やり方を間違えたのかもしれませんが、彼は多大なものを犠牲にしています。シャレード様が、広い心で私の国の人間を許し、受け入れてくださるといいのですが……」

それはあいまいで、やはり占い師のような言葉であった。

シャレードはどう答えていいのかわからなかった。


シャレードとラルサスの様子がおかしいことにクラスの皆が気づいていたが、ラルサスとの時間が増えた女子生徒には歓迎された。

「さすが氷の公女様ね、ラルサス様への態度がひどいわ」とシャレードは非難を受けたが、今さら悪評が一つ増えようと彼女はなんとも思わなかった。

それより、シャレードは彼女の態度にいちいち落ち込んだ様子を見せるラルサスに胸が痛んだ。

(気にしたって仕方ないのに)

そう思うが、感情のコントロールに長けたシャレードでも、その気持ちは止められなかった。

ただ、表面上は完璧に取り繕っていたので、氷の彫刻のような冷たい美しさは揺らぐことがない。

シャレードは、彼にことごとく話しかけるタイミングを与えなかった。

休み時間はラルサスが近づくと、すっと教室を出ていく。すると、彼は他の令嬢たちに捕まり、シャレードを追ってこられない。適当に時間を潰して、授業が始まる直前に戻ってくる。それを繰り返すと、とうとうラルサスは近寄ってこなくなった。

以前と同じ、一人の静かな時間が戻る。

それなのに、あきらめられるとさみしい気がしてしまう自分に、シャレードは唇を噛んだ。

ラルサスに関わると、なぜか心が波立って、平静を保つことができない。

──きっと……彼は多大なものを犠牲にしています。

先日の医者の言葉がよみがえる。

(なにも知らないくせに！　もしそうだとしても、それと私にはなんの関係もないわ！)

そう思うのに、令嬢たちに囲まれて談笑するラルサスにそっと視線を送ってしまった。

(あら？)

ラルサスのいる方向にぼんやりと光るものが見えて、シャレードは首を傾げた。

それは最近見えるようになった、謎の光だった。

なにかを訴えるように飛び回っている気がして、気になっていた。

(今度は目のお医者様にかからなければいけないのかしら？)

シャレードは溜め息をついた。


シャレードの予想に反して、カルロはあれ以来なにも言ってこなかった。

てっきり婚約破棄だと騒ぎ立てると思っていたので拍子抜けする。

彼の沈黙がかえって不気味だった。

今日、廊下でばったりカルロに会ったときもそうだ。

マルネを連れたカルロはにやりと笑って、話しかけてきた。

「よう、シャレード。相変わらず、辛気臭い顔をしてるな。そんなんじゃ孤児院の子どもも泣くだろ？」

「彼らは慣れておりますので、お気づかいなく」

「相変わらず、孤児院の慰問に行ってるのか？」

「はい。今週末もガーデル地区の孤児院に行く予定です。カルロ様も行かれますか？」

「行くわけないだろ。小汚いガキと触れ合うなんて、ゾッとする」

唐突にカルロに孤児院慰問のことを聞かれて、興味があるのかとシャレードが尋ねるも、すげない返事だった。

公務なので、本来ならカルロと二人で慰問しなければならないが、こんな調子なのでシャレードだけで行っていた。

何度も会ううちに子どもたちが懐いてくれて、このところは、慰問に行くことでシャレードのほうが癒されていた。

今回も手土産にお菓子と美しい絵本を用意している。

喜ぶ子どもたちの顔を思い浮かべただけで、シャレードは心が温かくなった。

カルロは言いたいことだけ言って、去っていく。

不可解に思いつつ、シャレードはその後ろ姿を見送った。

＊――＊＊＊――＊

「やはり今週末だ。ガーデル地区の孤児院だ。わかったな」

「時間は？」

「午後だ。十五時ぐらいには孤児院を出るんじゃないか？」

「あいまいだな」

「女を抱けて金までもらえるんだ。文句を言うな」

「そうは言うが、こっちは危険なんだぞ？」

「すぐ横の貧民街に連れ込めば、誰も手出ししないだろ？」

「簡単に言ってくれるな。その分、足がつきやすいんだ」

「とにかく頼んだぞ？　誰が見ても傷ものだとわかるようにしてくれ。なんなら、そのままどこかに売り払ってもいい。ああ、それがいいな。本人がいなければ、父上もどうしようもない」

「売り払うのもリスクが……まあいい。せいぜい楽しませてもらうさ」

男たちはそれぞれ勝手な未来を思い浮かべて、にやりと笑った。

＊――＊＊＊――＊

「殿下！　クライアス・バーベルが当たりでした！」

ラルサスのもとに情報員がやってきて、興奮気味に報告した。

先を促すと、クライアスがカルロを街中の賭場に連れていった張本人だったそうだ。

「クライアスはバーベル伯爵の三男で、成績も芳しくなく、将来、せいぜい下級役人にしかなれないと腐って、街でやんちゃしていたところを、質の悪いやつらに目をつけられたみたいで。王太子と同級生だとバレて、そいつらに王太子を賭場に連れてくるよう言われ、何度か一緒に通ったそうです」

「それで、カルロはまんまとカモにされたってわけか」

「そのようですね。しかも、はめられたのをわかっていないのか、王太子はクライアスを気に入って、側近にするなどと言うありさまで」

この国のやつらはどいつもこいつも、とラルサスはあきれた。

側近とは権力者の手足となるだけでなく、時には助言したり諫めたりする立場だ。

それなりの実力がなくてはならない。

それが賭場仲間だなんて、ラルサスからしたら正気を疑う話だ。

「それにしても、よくそんな細かいネタを拾ってきたな」

「クライアス本人を締め上げましたからね」

「本人を？」

「いろいろとやらかしている割に小心者で、犯罪組織と縁を切りたがっていたんです。このところ、王太子が自ら犯罪組織に近づいているようで怖いと言っていました」

ラルサスは整った顔をしかめた。

「取り締まる立場であるはずの王家の人間が犯罪組織に関わろうとするなんて、カルロはなにを考えているんだ⁉」

「賭け事だったり、媚薬だったり、誘惑に弱いんでしょうね。しかも、街の女に手を出して揉めたのも揉み消してもらっているようで、都合のいい道具を手に入れたとでも思っているのでしょう。使われるのは自分だとは知らずに」

ほとほとあきれたというような情報員に、ラルサスも深い溜め息をつく。

カルロのことを聞けば聞くほど不快になる。

彼がシャレードの婚約者だなんて悪夢だと思った。

(あんなやつがシャレードに触れると考えるだけで虫唾《むしず》が走る)

うっかりシャレードの顔を思い浮かべてしまって、ラルサスは頭を振った。

彼女を想うと冷静ではいられなくなる。

「……それで、犯罪組織のことはわかったのか？」

「詳細はまだです。クライアスや王太子とやり取りしているのは下っ端のようで、アジトや幹部クラスの者などのことはわかっていません。今、下っ端の者を見張っているところです」

「まぁ、よその国の犯罪組織を撲滅しに来たのではないから、証拠を押さえてこの国に密輸を取り締まってもらえさえすればいいのだが……」

自国への麻薬や媚薬の流入は未だに止まっていない。複数の貴族が荷物に忍ばせているのかもしれない。そのすべてのルートを見つけなくてはならない。密輸の証拠を集めて、ファンダルシア王国に動いてもらわなければならなかった。

その過程でカルロの関与は明らかになるだろう。そうすれば、いくら彼に甘い王であろうともカルロを廃太子にせざるを得ないはずだ。そうであってほしいとラルサスは思う。

（そうなったとき、シャレードはどうなるのだろう？）

フォルタス公爵は有力貴族だという。カルロとの婚約を解消するという話になっても、シャレードには縁談が次々と舞い込むのかもしれない。そして、彼女は父が決めた結婚に淡々と従うのだろうと、ラルサスは切なく思った。

（処女じゃないことが彼女の不利に働かなければいいな……。いや、今はそんなことを考えている場合じゃない）

少しでもシャレードのことを考えると、心が乱れてしまうラルサスであった。

「アジトや幹部のことがもう少しわかれば、その後はこちらで引き受けよう」

「承知いたしました。クライアスにもなにかあれば教えろと言ってあるので、近いうちにわかるでしょう」

ラルサスはうなずいて、情報員を帰した。

＊――＊＊＊――＊

その日はシャレードが孤児院を慰問する日だった。

彼女はシンプルなドレスを着て、手土産を侍女に持たせると、馬車に乗り込んだ。

今日の付き添いは、年若いエレンという侍女だった。彼女は性格がよく、孤児院に行くのを嫌がらないどころか、子どもたちともよく遊んでくれるので、彼女を付き添いとすることが多かった。

（ラルサス様と一緒に行く約束をしていたのに……）

思い出した瞬間、胸が締めつけられて、シャレードは唇を引き結んだ。

彼にディルルバの演奏を披露してもらうつもりだった。

（でも、もうそんな日は来ない……）

あの素晴らしい演奏に感動して、彼を尊敬さえしていたのに、話もできない存在になってしまうなんて、あのときは思いもしなかった。

シャレードはつらくて、目を閉じた。そして、気分を落ち着かせようとする。

（あの子たちに伝えてなくて、よかったわ）

サプライズにするつもりだったから、伝えてなかった。

子どもたちをがっかりさせずに済んだ、とシャレードは胸をなで下ろした。


今日向かうガーデル地区は下町で、貧民街にほど近い。

道にはゴミが散らばり、なにかが腐ったような臭いが漂っている。建物は落書きや傷だらけで、その間を荒んだ目の男たちが行き交っている。

以前はガリガリに痩せた子どもたちの姿が目に入ったが、今向かっている孤児院に多額の寄付をして、人員や設備を増やし、彼らを収容したので、少なくともそんな子どもは目につかない。

炊き出しも頻繁に行っている。

フォルタス公爵も夫人も、シャレードの慈善事業を自分たちのアピール材料として評価してくれたので、費用は惜しみなく使えた。

そんな街の孤児院に着き、シャレードが馬車を降りると、待ちかねた子どもたちに囲まれた。

「シャレード様、いらっしゃい！」

「待ってたよ、シャレード様！」

喜ぶ子どもたちに、シャレードもにっこり笑った。

ここではシャレードも気負いなく自然な表情でいられた。

パァッと光が差すような美しい笑みに、慣れてきたとはいえ、子どもたちは見惚れてしまう。

特にませた男の子は赤く頬を染め、食い入るように彼女を見ていた。

「私も会いたかったわ、カヤル、アイネ、ダーリル……」

シャレードは一人一人の名前を呼んで、再会を喜ぶ。

愛に飢えた子たちは、名前を呼ばれると顔を輝かせ、字が読めるようになった、算術が得意になった、絵を描いたなど、あれこれシャレードに報告した。輪に入れず遠巻きに見ている子にはシャレード自ら話しかけて、挨拶をする。相手にされないさみしさを、彼女は知っているからだ。

ここでは子どもたちに勉強を教え、就職先の斡旋《あっせん》もしている。算術ができる子は重宝されるらしいので、特に力を入れている。

シャレードは「それはすごいわね。あとで見せてね」と穏やかに返事をしながら、孤児院の中に入った。

そこは古い石造りの建物だったが、玄関先は綺麗に掃かれ、床は丁寧に水拭きされている。

当初は、ここも汚れ放題で不潔だった。

それをシャレードがメイドたちと掃除して、清潔にした。

子どもたちとともに掃除の仕方を習い、貴族なのに自ら働くシャレードに、子どもたちが懐くのは早かった。

掃除し終わった部屋で、お菓子を広げた効果もあったのだろう。

クッキー、マドレーヌ、マシュマロ、チョコレート……

子どもたちは見たこともないお菓子に歓声をあげ、口に入れてまた笑顔になった。

取り合いのケンカにもなったが、シャレードが毎月来ると約束して、それを実行すると、子どもたちも落ち着いた。

素直な子どもたちに、「どうして貴族は綺麗な服を着られて、私たちはボロボロなの？」という返事に困ることを聞かれることもあったが、シャレードはどこにいるより気持ちが落ち着き、ここが好きになった。

綺麗に掃除された部屋で、シャレードはいつものように絵本を読んでやり、子どもたちの成果を見たり、おやつを食べたり、楽しいときを過ごした。

フルートの演奏をせがまれて披露したときには、またラルサスのことを思い出してしまい、胸が痛くなったが。

「さようなら、シャレード様」

「また来てね」

「ごきげんよう。また来月に来ますね」

名残惜しみながらも、馬車に乗り込んだシャレードは子どもたちに手を振った。

馬車が動き出す。

心地よい疲れと馬車の揺れが相まって、シャレードはうとうとしてくる。

すると、馬車が急に停まった。

「なにかしら？」

シャレードとエレンは顔を見合わせた。

動き出したばかりで、フォルタス公爵家まではまだ遠いはずだった。

「ちょっと、ダナート！　なにやってるの？」

エレンが御者台側の小窓をコンコン叩いた。

呼ばれた御者のダナートは答えなかったが、ふいにまた馬車が動き出した。

ほっとしたのもつかの間、馬車がガタガタと激しく揺れる。

どうやらものすごいスピードで進んでいるようだ。

座席から放り出されそうで、シャレードは慌てて吊り紐に掴まった。

「ダナート、どうしたのよ！　スピード出しすぎよ！」

エレンが先ほどより乱暴に小窓を叩くが、反応はない。

そのまま馬車は走り続ける。窓の外を見るといつもと違った道を通っているようだ。

不安そうな顔でエレンがシャレードを見たとき、馬車は見知らぬ場所で停まった。

窓から見えるのは、さびれて廃墟のような建物ばかり。すえた臭いが強く、シャレードは息が詰まりそうだった。

(ここはもしかして貧民街?)

嫌な予感がして、シャレードとエレンは手を取り合う。

その予感の通り、外側からドアが開けられ、ニヤニヤと嫌な笑いを浮かべた三人の男が中を覗き込んできた。いずれも体格がよく、粗野な雰囲気を醸し出している。

馬車の後ろに護衛が乗っていたはずだが、倒されてしまったのか、見当たらない。

男たちはシャレードを見ると、ヒューと口笛を吹いて、下卑《げび》た笑みを深くした。舌なめずりしている者もいる。

「こりゃあ、すげー上玉だな。金を払ってでもお相手してほしいくらいだ」

「こいつを好きにしていいなんて、役得だなぁ。例の媚薬を使って、お嬢様にご奉仕してもらおうか」

「いいね〜。このお綺麗な顔がイキ狂うのを早く見てぇな」

男たちの会話にシャレードはゾッとして、身を震わせた。

どうやら、単純な強盗ではなく、シャレード自身が狙われて、誘拐されたようだ。

(媚薬……!)

それはつい最近使われたばかりのものだった。

その結果、自分がどうなってしまったのか、記憶に新しい。

シャレードは男たちの想像している行為をまざまざと思い浮かべてしまって、おぞましさに吐き気がした。

こんな男たちに好き勝手されるくらいなら、自害したほうがマシだと唇を噛む。

(確か、座席の下に護身用のナイフがあったわ。それで……)

そっと手を伸ばして、ナイフを手にする。そのとき、横でブルブル震えているエレンに気づいた。

(私のせいで巻き添えにしてしまったわ。どうにか逃がせないかしら?)

このままだと、自分と同じことをされてしまうだろう。男たちをにらみながら、シャレードは考えを巡らせた。

彼らを自分に集中させたら、エレンは逃げられるだろうかと思い、彼女にささやく。

「私が彼らの気を逸らすから、その間に逃げなさい」

「でも、シャレード様が……」

「二人で捕まっていても仕方ないわ。あの男たちの狙いは私よ。急いで誰かを呼んできて」

「……わかりました」

シャレードは侍女を励ますようにうなずいた。

「降りてこいよ、嬢ちゃんたち」

そう言われて、首を横に振ると、背の高い男が馬車に乗り込んできた。

「お前っ、抜けがけだぞ！」

「悪いな、俺が一番だ！」

中に入ってきた男はシャレードの腕を掴み、引っ張り出そうとする。

シャレードも彼女にしがみつくエレンも踏ん張って抵抗する。

狭い馬車の中では男もうまく力を出せないようで、チッと舌打ちすると、今度はシャレードに覆いかぶさってきた。

「抵抗するなら、この中でヤってもいいんだぞ？」

生臭い男の息がかかり、シャレードは顔をそむけて、後ずさりした。といっても、狭い場所の中だ。背はすぐに壁につく。

「お嬢様を離しなさい！」

エレンが男を押して、シャレードから離そうとする。

「邪魔だ！」

男がエレンを振り払ったので、彼女は向かいの座席に跳ね飛ばされた。

「バカ！　降りてこい！　こんな目立つ馬車はさっさとどこかに置いてこないとヤバいだろ！」

「じゃあ、俺がこいつを引っ張り出すから、お前が置いてこい」

「やだね。なんで俺が！」

男たちは剣呑な雰囲気になり、外にいた男が中の男を引っ張り出そうとした。

腕を掴まれていたシャレードは、男ともども外へ出されようとしていた。

精一杯踏ん張るも、馬車のドアのところまで引きずり出されたシャレードは、ふいに力を抜いた。引っ張られる勢いに乗じて、今度は男に体当たりするようにして、外に出た。男たちは大きくバランスを崩す。シャレードは男二人を巻き込み、転がった。

「いてぇ！」

「うぅっ……」

「今よ、エレン！」

シャレードがエレンに合図すると、彼女は転げ落ちるように馬車を降り、全力で走り出した。

「くそっ！」

「待て！」

唯一立っていた男がエレンを追いかけようとしたが、シャレードの前にいる男が血を流しているのに気づき、足を止めた。

「なんだぁ？」

シャレードは体当たりする際に、ナイフの鞘《さや》を抜いて構えていた。それがうまく男の腹に突き刺さったのだ。

それを見た男は鼻を鳴らすと、底冷えのする目つきでシャレードをにらみつけた。

「やりやがったな」

妙に平坦な声で言われ、シャレードはナイフを持った手を震わせた。

ナイフも手も男の血で染まっている。

現実感がなくて、シャレードは不思議な気分でそれを眺めた。

男がゆっくりとシャレードのもとへ歩み寄ってくる。

「来ないで！」

シャレードは両手でナイフを持ち、男に刃を向けた。

近寄ってきた男がニヤッと笑った瞬間、もう一人の男がシャレードに飛びかかった。

「きゃっ！」

押し倒されて、ナイフを奪われる。それどころか、男はシャレードの胸もとに手をかけ、ドレスを一気に引き裂いた。

「いやあっ」

下に着ていたビスチェが露出する。

シャレードに馬乗りになった男はそれを見て、「チッ、面倒だな」と舌打ちをして、ビスチェの裾にナイフを当てた。

「怪我したくなかったら、動くなよ？」

男は紐でしっかり締められているビスチェをナイフで切り裂こうというのだ。

それを察したシャレードはナイフを男の手ごと掴んで、自分の胸に突き刺そうとした――

男の驚愕した顔。遠くでなにか叫んでいる声がする。

時間が急にスピードを落とし、ゆっくり流れていくように感じた。

（もし生まれ変われるなら、今度は庶民になって、好きな人と……）

チクリとナイフが胸に当たったとき、ふいにラルサスのやわらかな笑顔が思い浮かんだ。

シャレードは切なくて、胸が詰まった。

――さよなら、ラルサス様……

彼女は目を閉じた。

＊――＊＊＊――＊

「王子殿下！　見張ってたやつらが動き出しました！　襲撃計画を立てていたらしく、それを実行するようです」

駆け込んできた情報員の言葉に、ラルサスは最初、そんなものは衛兵に通報すればいいだろうと思った。

しかし、次の言葉を聞いて顔色を変え、立ち上がる。

「クライアスからも連絡が入ったのですが、襲撃されるのはどうも王太子の婚約者だと……」

「なんだって!?　いつだ！　どこで!?」

情報を照らし合わせると、今日、孤児院に慰問に行ったシャレードを襲う計画があるということだった。

（孤児院……）

ラルサスはシャレードとの約束を思い出し、情報の正しさを確信した。

情報員は当然、自国の王子がシャレードに執心していると掴んでいて、この情報を寄せたのだ。

「今の今動き出したという連絡だったので、確かには……」

「その孤児院に案内してくれ！」

「私は情報屋なので、荒事のほうはからきしですよ？」

「では、武力部隊を引き連れてこい！　至急、馬の用意だ！　その孤児院はどこにある⁉」

「ガーデル地区です」

「そこに案内できる者はいないか！」

ラルサスは焦り、情報員や侍従に指示を出した。準備が整うやいなや馬に飛び乗る。

街中なので、そんなにスピードを出せないことに苛つきながら、孤児院を目指す。

『フィル、シャレードの様子はわかるか？』

『うん、今のところなんとも……あれ？　困惑を感じてる？』

『困惑？　恐怖ではないんだな？』

『う～ん、少しは感じてるかも？』

フィルの言葉に、まだ間に合うとラルサスは馬を走らせ続けた。

シャレードのことが心配で、それ以外なにも考えられない。

孤児院が見えたところで、フィルが声をあげた。

『シャレードが恐怖を感じてるよ！　恐怖、嫌悪、あきらめ……』

『なんだって⁉』

――シャレード……！　頼む！　間に合ってくれ！

ラルサスは必死に祈った。

胸が痛いほどに焦るラルサスに、フィルが声をかけた。

『ラルサス、そっちじゃない！』

『なに⁉　場所がわかるのか？』

『だいたいね。こっちだよ』

孤児院まで案内してきた部下に声をかけて、今度はラルサスが先導していく。

フィルが指さす方向にひたすら馬を走らせた。

「ラルサス様！　こちらです！」

治安の悪そうな地区へ入ってしばらくすると、犯罪組織の男たちを見張っていた情報員が姿を現した。

（なぜ私を待たずにシャレードを助けないんだ！）

ラルサスは腹を立てたが、そんな命令をされていない情報員に求めるのは酷だと思い直した。焦りで近視眼的になっていると自省した。それでも、頭は焦燥感で埋め尽くされている。

情報員とフィルに誘導されて、道を曲がると、ラルサスの目に入ったのは、シャレードが男に押し倒されて、ドレスを引き裂かれるところだった。

「シャレード！」

しかも、シャレードは男のナイフを引き寄せて、自分の胸に当てた。

「シャレード、ダメだ！」

ラルサスは馬から飛び降りて駆け寄り、ナイフを掴んだ。刃を握りしめたラルサスの手のひらから鮮血が滴《したた》る。

彼の目にはシャレード以外、見えていなかった。

ナイフを奪い取り、無礼な男を蹴り倒して、シャレードの上から退ける。

カランとナイフが落ちた。

そのまま、ラルサスは膝をつき、シャレードを抱き起こした。

「シャレード、大丈夫か！」

彼女が目を開けて、美しい瞳が見えると、ラルサスは安堵に崩れ落ちそうになった。

彼を見て、シャレードは驚きに目を瞠《みは》る。

「ラルサス様……？」

しっかりとした口調に、大事はないと思いつつも、ラルサスはフィルに確認した。

『フィル！　シャレードの傷は？』

『大丈夫！　ちょこっとナイフの先が刺さっただけだよ』

フィルはシャレードをなでて、傷を癒した。

ほっとしたラルサスの背後から、がなり声がする。

「なんだ、てめぇは！」

突然乱入してきたラルサスに男たちが襲いかかった。

ヒュッ。

ナイフで斬りつけられながらも、ラルサスは落としたナイフを拾って応戦する。

シャレードをかばいながら何度か斬り結ぶと、武力部隊も追いついてきて、あっという間にその場を制圧した。

＊――＊＊＊――＊

「シャレード……無事でよかった……」

ラルサスに抱きしめられて、シャレードはどうしていいかわからなかった。

最期だと覚悟して、思い浮かべた人。

その人が助けに来てくれた。

シャレードは胸がいっぱいになり、彼にしがみつきたくなったが、生きているからには立場が邪魔をした。

理性が告げる。

彼女にはラルサスに抱きつく資格はないと。

ただ、安堵に身を震わせている彼に、温かい気持ちが胸にあふれた。

ラルサスはシャレードを永遠に失っていたかもしれないという恐怖に血の気を失っていた。

こんなに自分のことを想ってくれる人が今までいただろうかと胸を衝かれた。

これが演技のはずがない。演技してもなんの益もない。

すんなりと彼の心が信じられた。

「ラルサス様、ありがとうございました。もう少しで、私……」

驚きで止まっていた思考が動き出し、シャレードは死を覚悟した恐怖を思い出した。

(怖かった、怖かった、怖かった！)

叫び出しそうになるのを、ラルサスの袖を掴んでグッと抑える。

「私……」

今度はシャレードが身を震わせた。

わっと泣き出したかったが、ここでは泣けなかった。人前で泣きたくなかった。

こんなときでもシャレードの矜持《きょうじ》が邪魔をした。

彼女をなぐさめるように、また不思議な光が現れて、チカチカ明滅しながらシャレードの周りを飛び回った。

唇を噛みしめ、耐えるシャレードを見て、ラルサスは彼女を離した。

シャレードが彼に触れられるのを不快に思っていると誤解したようだ。

「すみません……」

つらそうに言うラルサスにシャレードの胸も痛むが、なにをどう言っていいのかわからず、ただ彼の翠《みどり》の瞳を見上げた。

二人は触れ合わないまま、しばらくお互いを見つめていた。

先に我に返ったのはラルサスで、彼は上着を脱いでシャレードに着せかける。

「これは返す必要はありません。捨ててください」

悲しげに微笑むとラルサスは、誰かに送らせましょうと立ち上がった。

「怪我を……」

シャレードがラルサスの手のひらの血を見て、つぶやいた。

ラルサスは慌てて、手を握った。

ナイフの刃を持って切れた傷は、フィルが治して、綺麗サッパリなくなっていた。

「大丈夫です。かすり傷です。血も止まっています」

ラルサスは微笑んだが、シャレードは彼の袖もざっくり斬られているのを目にした。

血の痕はあるけれど、隙間から見える肌には傷はなかった。

シャレードの視線を追って、自らの腕を見たラルサスは「返り血を浴びただけです。ご心配なく」と言った。

手を差し出したラルサスに支えられて立ち上がったシャレードは馬車に乗り込もうとした。

そうしたところに、エレンが衛兵を連れて帰ってきた。

「シャレード様！　……ご無事でよかった！」

侍女は涙を流して、シャレードの膝下にうずくまった。

汗だくで息を切らしている彼女の様子から、必死で衛兵を呼びに行ってくれたことがわかり、シャレードもついに涙をこぼした。

「ありがとう、エレン」

二人は手を取り合い、お互いの無事を喜んだ。


どういうわけか、暴漢は衛兵ではなくラルサスの手勢に引き渡された。

シャレードが見ていると、ラルサスが部下にあれこれ指示をしている。

拘束された男の中に、彼女が刺した男が腹から血を流し、うめいていた。

誰も彼を手当てしようという者はなく、シャレードは心配になった。

(あの人、大丈夫かしら?)

自分を襲った憎き相手だけど、死んでほしいとは思わない。

気づいていないようなら、誰かに告げようかと思ったとき、ラルサスがその男に近づき、嫌そうな顔でその肩に触れた。

男が弾かれたようにラルサスを見上げる。

しかし、ラルサスはそれに構わず、そっけなく立ち去った。

顔色悪く死にそうになっていた男が急に元気になったように見えて、シャレードは首を傾げた。

(どういうこと?)

そのときも男の周りを光が舞った気がした。

今の出来事や光のことを問いただしたかったが、その暇もなく、シャレードは一足先に馬車に乗せられた。

ラルサスはこれから暴漢への尋問に立ち会うそうだ。

彼女は疲れていたので、大人しく馬車に揺られて屋敷へ戻ることにした。


血と泥にまみれ、男物の上着を着て帰ったシャレードを見て、使用人はざわついた。

同じタイミングで、ラルサスの部下に送られて、御者と護衛が戻ってくる。

「お嬢様、申し訳ございませんでした！」

彼らはシャレードの無事を知って、男泣きに泣きながら、跪《ひざまず》いて頭を下げる。

聞くところによると、馬車の前にうずくまった男がいて、停車した途端、襲われて昏倒したそうだ。真っ昼間の町中で公爵家の馬車を襲う者などいるとは誰も思っていなかったので、護衛も形だけだったのだ。

悲痛な顔で謝る彼らに、シャレードは穏やかに微笑む。

「あなたたちが無事でよかったです。私のほうはなにもなかったので、謝る必要はありません」

「しかし！」

「どんな罰も受けます！」

それではとうてい気が済まなかった護衛たちはなおも言い募った。

しかし、彼らに罰を与えるということは、シャレードになにかあったと認めるということでもある。

「なにもありませんでした」

シャレードが使用人たちを見渡して、もう一度、静かにそう繰り返した。

彼女の意図を汲み取った執事がすかさず箝口令《かんこうれい》を敷く。

このことが世間の口の端に上るようなことがあれば、シャレードの外聞は地の底まで落ちるし、フォルタス公爵も激怒するだろう。

よく教育された使用人たちはなにも見なかったことにして、シャレードを風呂に入れた。

血がついていた割に、汚れを落とすと、シャレードの肌はどこも傷ついておらず、メイドは安堵した。

身を清めたシャレードは自室に戻った。

お茶を用意したメイドを下がらせると、ほっと息を吐いた。

一人になった途端、ガタガタと身体が震え出す。

張っていた気が緩んだのだ。

(怖かった……)

もう少しで彼女は死ぬか乱暴されていた。

シャレードは震える身体を自分で抱きしめた。

(もうダメだと思ったのに、ラルサス様が来てくれた……)

彼に抱きしめられたぬくもりを思い出す。熱くて硬い胸板に、背中に回された手。心からシャレードを気づかってくれていた。

それを思い出すと、震えが少し止まった。

シャレードは誰かが助けに来てくれるなど、少しも期待していなかった。

それなのに——

ラルサスは必死に彼女を助けてくれ、シャレードが目を開けると、顔を輝かせた。

そのやわらかな表情から彼女を離したときの悲しげな瞳。

どちらもシャレードの心を揺さぶって、たまらない気持ちにさせる。

(ラルサス様……どうして……?)

——どうして助けに来たの？　どうしてそんな愛しげな顔をするの？　どうしてそんな悲しい顔をするの？　どうしてなにも説明してくれないの？

シャレードはラルサスの面影に語りかけた。

いつの間にか、涙がポロポロとあふれていた。

認めたくない気持ちが、持ってはならない感情が、湧き上がるのを止められない。

シャレードはしばらくラルサスを想って、泣き続けた。

その様子は凍っている心の氷が溶け、水となってあふれ出しているようだった。


涙がおさまると、シャレードは冷静になった。

クリアな頭で振り返ると、ずいぶん危ない橋を渡っていたことに気づく。

(この手で人を刺した……)

無我夢中で感触はなかったけれど、べっとりと男の血が手についていたのを思い出す。

彼が死ななくてよかったと思う。

殺人者になるところだったとシャレードはまた身を震わせた。

そして、同時にあの不思議な光景を思い浮かべる。

(あれはいったいなんだったのかしら?)

ふと思い、自分の胸を見た。

確かにチクリとナイフの刺さる感触はしたのに、先ほど風呂で見ても、どこにも傷痕はなかった。

同じように血の痕はあっても傷痕のなかったラルサスを思い出す。

(どういうこと?)

まるでラルサスが傷を治しているようだとシャレードは思った。

(でも、そんなことってあるかしら?)

こうした不思議なことは、ごく最近にもあった気がすると思い返してみる。

(そうだ、胸の痛みだわ!)

あんなに痛かったのに、嘘のように治っている。倒れるほどの体調不良だったにもかかわらず、今ではなんともない。それは、ラルサスに抱かれた後からだ。

すべてがラルサスの行為をきっかけにしているように思えた。

(まさかそんなことあるはずがないわ。……でも、もしも病気を治すために私を抱いたのだとしたら?)

ラルサスを擁護しようと、自分が都合よく考えているだけのような気がして、シャレードは目を閉じて気を静めた。それでも、そうであってほしいという思いを止められなかった。

（もしそうだったら、私は……）

婚約者がいる身で考えるべきではないと思い、シャレードは慌ててその考えを振り払った。

翌日、学校の入口でシャレードはカルロと鉢合わせた。

彼女を見たカルロは驚きをあらわにした。まるでここに彼女がいるのがおかしいとでもいうように。

なにも言わず、そそくさと去っていったカルロの様子を見て、シャレードは昨日の事件が彼の差し金だと悟り、めまいがした。

そこまでされるほど疎《うと》まれていたことに、目の前が暗くなる。

（私だって、望んで婚約しているわけじゃないのに）

シャレードは悲しくて悔しくて、座り込みそうになった。もう限界だと思った。

——婚約の解消はできないのですか？

怒りを押し殺しながら、ラルサスが言ってくれた言葉を思い出す。

（陛下に陳情しても無駄かしら？　お父様に言ってみるのは？　こんなことがあったから、さすがに考え直してくださるかもしれないわ）

——私があなたを娶《めと》りたい。

それに続いたラルサスの言葉まで思い出してしまって、シャレードは頬を染めた。

自分の図々しさにあきれてしまう。

あんなに彼を拒否しておきながら、理由があるかもしれないと思っただけで、彼のことを想ってしまうなんてと。

シャレードはその考えを振り払おうと、頭を振った。

(やっぱり修道院に入ろうかしら？　お父様にもお母様にも反対されると思うけど、きっと心静かに暮らせるはず……)

もう思い悩むのも嫌になり、シャレードはそう考えた。

責任感の強い彼女だったが、心底疲れて、逃げ出したくなった。


いつもと変わりない状態を心がけ、凛とした様子でシャレードは教室に入った。昨日のことは誰にも伝わっていないようで、級友の様子は普段通りだった。

それに安堵して、席につく。

ふと視線を感じて目を遣ると、先に来ていたラルサスが憂いを帯びたまなざしで彼女を見ていた。彼女を心配してくれているようだ。

心がふんわり温かくなる。

でも、ラルサスがあまりに彼女を見つめてくるので、シャレードは思わず目を伏せてしまった。

そうしてやけにドキドキする鼓動を抑えようとする。

（昨日助けてもらったばかりだというのに、この態度はよくないわ）

彼女は思い直し、席を立ち、ラルサスに近づく。

「昨日はありがとうございました」

目を合わせないまま、深くお辞儀をしたシャレードに、ラルサスは穏やかに答えた。

「いいえ、間に合って、本当によかったです」

そこには静かな中にも心から彼女を思いやる気持ちがあふれていて、それを感じたシャレードが視線を上げた。

彼女は彼のことをどう考えたらいいのかわからなくなっていた。

目の合った二人はお互いを焦がれるように見つめ合う。

予鈴が鳴り、我に返ったシャレードがもう一礼して、席に戻った。

久しぶりに自分からラルサスに話しかけたシャレードを見て、女子生徒はひそひそとささやきあった。

＊――＊＊＊――＊

ラルサスは昨日の尋問の様子を思い出していた。

シャレードを帰してから、すぐそばの空き家に男たちを連れ込んで、別々の部屋で尋問を開始した。

ラルサスは傷を治してやった男の部屋に入って、部下たちが問いただす様子を、腕を組んで眺めていた。

「誰に頼まれた？」

「…………」

「相手を知っていて襲ったのか？」

「…………」

情報員が凄《すご》んでも、髪を掴んだり蹴ったりして少々乱暴に聞いても、男は一向に答えなかった。

黙って見ていたラルサスは、一歩前に出た。

「誰に頼まれた？　答えないと、腹の傷をもっとひどい状態にしてやるぞ。腹の中がぐちゃぐちゃになって、苦しんで死んでいくのが望みか？　殺してくれというほどの痛みを味わってみたければ、叶えてやろう」

淡々と告げるラルサスに男は息を呑む。

傷を治す力があるのだとしたら、その反対もできると思ったからだ。

ラルサスは沈黙したまま静かな瞳で男を見つめた。

どうする？　と問うかのように。

ひどく整った顔は冷徹にも見えて、静かな怒りを湛《たた》えたラルサスには迫力があった。

実際、できることなら、シャレードを襲ったこの男を引き裂いてやりたいと考えていた。

そんな目で見られ、男はだんだん震え出した。

先ほどの痛みや死ぬ寸前までいった恐怖を思い出し、それ以上の苦しみを想像したのだ。

とうとう蒼白になり、音《ね》を上げた。

「わかった。言う。王太子だ！　王太子に頼まれたんだ！　なんでも話すからやめてくれ！　死ぬのは嫌だ！」

情けない声でわめく。

(カルロが!?)

想定していたことではあったが、実際にそうだと聞くと許せなくて、ラルサスはギリッと奥歯を軋《きし》らせた。

『僕、殺すなんてできないよ～』

ブンブンと首を振って抗議するフィルをラルサスはなだめた。

『わかってる。ただ脅しただけだ』

『な～んだ。そういうことか！』

純粋な精霊の言葉に、ラルサスはそっと苦い笑みを浮かべた。


その男が語ったのは、うすうす予想していたようなことだった。

カルロがシャレードを傷ものにするよう依頼して、彼女が孤児院を訪れるタイミングを教えたらしい。

彼があまりに大雑把なことしか伝えなかったから、男たちがクライアスに詳細を聞いてきて、クライアスが情報員に垂れ込んだというわけだった。

カルロが『シャレードを売り払ってもいい』とまで言っていたと聞き、ラルサスは怒りで全身が震えた。拳を握りしめすぎて、爪が手のひらに食い込み、皮膚を突き破る。

『あんまり自分を傷つけないでよ～』

フィルがよしよしとラルサスの手をなでて、治療した。


その男は証人として、ラルサスのところで引き取ることになった。

まだ密輸問題についても尋問しなければならなかったし、男の身を守るためでもあった。

犯罪組織の人間は衛所で拘束されている間に殺され、口封じされることもままあったからだ。

これから、この男は尋問のプロに洗いざらい吐かされるのだろう。

ラルサスはこの情報をもとに、カルロを廃太子に追い込むべく作戦を練った。


ふたたび自席についたシャレードを目で追いながら、回想から覚めたラルサスはフィルに話しかけた。

『シャレードは大丈夫そうだな』

『うん、もう恐怖は感じていないみたいだね』

フィルの答えに安堵する。

それにしても、まさかシャレードがわざわざ自分に礼を言いに来るとは思ってなかった。

（でも、律儀な彼女らしい）

つい頬が緩んでしまう。

あの綺麗な水色の瞳に見つめられるだけで、気分が高揚する。

たとえ、手に入れられなくても、守りたいと思う。

昨日間に合ったのは本当に運がよかった。

ラルサスはもうシャレードを危険にさらすつもりはなかった。そのためには可及的速やかに元凶を取り除くことだと拳を握りしめる。

（カルロを潰して、必ずあなたを自由にしてみせる）

ラルサスは心に誓った。


「王子殿下、あの男から聞き出したアジトを確認しましたが、もぬけの殻でした」

「やはりな。あいつらが衛兵に捕まった時点で、そこを引き払ったんだろうな」

予想はしていたが、その動きの早さにラルサスは歯噛みした。

早くこの件の全容を暴き、カルロを廃太子にしたいとラルサスは焦っていた。

（シャレードがこれ以上傷つくところを見たくないんだ）

彼女の行き帰りにひそかに護衛をつけることにしたが、カルロが次になにをしてくるかわからない。

平気でシャレードを貶《おとし》めることをするのではないかと、ラルサスは懸念していた。

「密輸のことも聞き出したのですが、他のやつのほうが詳しいそうで、衛所に拘束されている男たちにも尋問する予定です」

「そんなことが可能なのか？」

他国の衛所に侵入するなど難しいと思ったラルサスに、情報員はにやりと笑って答えた。

「あそこにはいろいろ便宜を図っているので、融通が利くんですよ」

「そうか。では、よろしく頼む」

蛇の道は蛇という。そうしたことはプロに任せて、ラルサスは自分にできることをしようと思った。

第四章

長い指が後ろから伸びてきて、シャレードの胸の尖りを摘まむ。

「あぁっ」

ジンとした快感を覚えてくねらせた身体はいつの間にか裸だった。

正体不明の者に身体をまさぐられている。

（誰なの⁉）

急に恐怖が湧いてきて、後ろを振り向くと、情熱的な翠《みどり》の瞳があった。

安堵して力を抜いたシャレードの耳もとで、ラルサスがささやく。

「愛してる、シャレード……」

熱い息が頰にかかり、胸を揉みしだかれる。

背中にぴったりとくっついた彼の身体も熱くて、シャレードは溶けていきそうだった。

彼の手が下りてきて、へそをくすぐり、銀色の繁みを掻き分けた。

「ああ、ん……」

ぷっくりと立ち上がっていた愛芽をなでられて、身悶える。

彼は愛芽の周りを辿るように指を動かした。

そこに気を取られていると、ふいに耳が齧《かじ》られる。

「ひゃんっ」

変な声を出してしまって、シャレードは顔を赤らめた。

「かわいい、シャレード」

くすくすと楽しげなラルサスの笑い声が耳もとで響く。その吐息にも官能を覚えてしまい、顔のほてりが治まらない。

耳朶《じだ》を甘噛みしたり、舐めたりされながら、指で愛芽を弄られ、快感が甘い毒のように身体中に染み渡る。その上、蜜を垂らしまくっていたところに、ぐいっと硬く大きなものが入ってきた。

「ん、ああっ、あーーっ」

悲鳴のような官能の溜め息のような声を漏らしたシャレードをギュッと抱きしめ、彼は一気に貫いた。

悦びに身体が震える。

でも、彼女はラルサスの顔が見たくて、首をひねった。

その意図に気づいたラルサスは、繋がったままシャレードの身体をひっくり返す。

甘やかな瞳で見下ろす彼に手を伸ばし、落ちかかるピンクパール色の髪を掻き上げた。

目を細めたラルサスが腰を動かしはじめる。

（気持ちいい……）

なのに、なにか足りない。

「あぁ、ラルサス様……もっと……」

彼の頭を引き寄せて、シャレードはねだった。

「いくらでも差し上げます」

そう言ってシャレードの頬をなでたラルサスの瞳には愛が満ちあふれていた。

「ラルサス様、私――」

なにを言おうとしたのか自分でもわからない。

そんなタイミングでシャレードは目が覚めた。

「……っ！」

さっきの睦みごとは夢だったと気づき、羞恥心で顔を真っ赤にする。

（なんて夢を見てしまったのかしら……）

彼女は媚薬に侵されていたときのことを夢に見ていたのだ。

シャレードの頭は寝ているうちに、男たちに襲われて持った不安や恐怖を無理やり変換して、ラルサスとの情事に繋げたようだった。心の安寧を得ようという無意識の動きだ。

実際に体験したことだからか、夢の中の彼の愛撫はやたらとリアルだった。自分の秘部が現実でも濡れているのを感じて、シャレードはまた頬を染める。

(単純だわ。助けられて、浮ついて。自作自演かもしれないのに)

そう自分をたしなめるものの、彼がそんなことをするはずはないし、必死で助けてくれたラルサスをもう悪く考えることはできなかった。

(あんなことをしたのは、本当に私の病気を治すためなの？)

シャレードは、ラルサスが取引してまで自分を抱いた理由が知りたかった。

自分の推論が正しいのか確認したかった。

どうしても、彼を肯定したい気持ちが止まらなかったのだ。

そう思うが、彼は『説明はできない』と言って、それ以上は苦しげな顔をしながら沈黙を守っていた。言えないことがあるということ自体、なにか理由がある証拠だろう。

それでも、彼から話してくれる可能性はないだろうとシャレードは溜め息をついた。

そして、その拍子に思い出した。

ラルサスと同じ肌色を持つ医者のことを。

彼はなにか知っていそうな言動をしていた。

――きっと……彼は多大なものを犠牲にしています。

(ラルサス様はなにを犠牲にしたのかしら？)

シャレードはあの医者を呼んでみることにした。


「こんにちは。なにかございましたか？」

急に呼び出されたリカルドは、嫌な顔一つせずシャレードに穏やかに微笑みかけた。

シャレードは、ラルサスと彼は肌色以外違うと思っていたが、微笑んだ顔がどこか似ているような気がして、しばし見つめてしまった。

「なにか？」

「……あ、すみません。知り合いと似ている気がして」

「今、ラルサス王子がこの国に留学にいらしているのでしたっけ？　実は遠く血が繋がっているのですよ」

「そうなのですか⁉」

おおっぴらには言えないのですがと、リカルドは口の前に人差し指を立てる。

尋ねたい人の名前が急に出てきて、シャレードはドキドキしてしまった。

「それで、なにか私にお聞きになりたいことでもあるのでしょうか？」

リカルドに聞かれて、考えがまとまっていなかったシャレードはためらった。

人の怪我や病気を治せる力なんて、荒唐無稽《こうとうむけい》すぎて、笑われてしまうかもしれないとも思う。

それでも、静かに微笑み自分の言葉を待っているリカルドに、シャレードは思い切って尋ねてみた。

「あなたの国では……ヴァルデ王国では、医者や薬師ではなく、怪我や病気を治す力を持つ者がいるのでしょうか？」

「……それは答えられない質問ですね」

一笑に付されるかと思ったが、リカルドはしばし答えをためらい、真面目な顔で答えた。

否定しないことが答えのようなものだった。

「それでは、病気を治すために、せ、性行為が必要なことはあるのでしょうか？」

「それも答えられませんね」

「そうですか……」

答えられないという返答は、ラルサスの『説明はできない』と同じ匂いがする。

（誰かに言うのを禁止されているということかしら？）

それなら、これもまた答えてもらえないかもしれないと思いながら、シャレードはさらに質問した。

「この前『彼は多大なものを犠牲にしています』と言われましたね？　なにを犠牲にしたのでしょう？」

シャレードの予想に反して、リカルドは彼女の瞳をじっと見つめながら首をひねった。どう言おうか考えあぐねているかのように。

口を開きかけて、また閉じる。

そして、ぽつりと一言漏らした。

「人生を……」

「人生？　それはどういうことですか？」

「私からはこれ以上言えません。本人に聞いてみてください」

「聞いても、私には教えてくれないのです」

悲しげにつぶやくと、シャレードをなぐさめるようにリカルドが言った。

「教えてくれないのではなく、教えられないのですよ。あなたが受け入れてくれないことには」

「私はなにを受け入れたらいいのですか？」

「さて、なんでしょうね。その様子では彼の方にも問題があるようですね。困ったものだ」

またもやリカルドは占い師のようなことを言った。

シャレードは訳がわからず、彼を見るが、補足する言葉はない。

あきらめて、別の話題を振る。

「そういえば、最近、光が見えるんです」

「光？」

今度は本当に不思議そうにリカルドが首を傾げる。

「たまに現れては辺りを飛び回ったり、傷を癒したりしているように見えるんです。ラルサス様になにか関係が……あっ！」

ついラルサスの名前を口にしてしまって、シャレードは口を押さえた。

そんな彼女を見て、リカルドはなにか納得いったというようにうなずいた。

「なるほど、すべてはあなたの心持ち次第のようだ」

「どういうことですか？」

「自分の心に素直になってみられてはいかがでしょう？」

すべてを見透かすような目で見られて、シャレードは黙ってしまった。

普段から自分の心を押し殺すことに慣れていた彼女にとって、それは難しいことであったから。

「素直になったら、どうだと言うのですか？」

「なにかが変わるでしょう」

あいまいな彼の言葉に、シャレードは焦れてくる。

「事情を教えてもらえるのでしょうか？」

「さぁ、どうでしょうね。私にはわかりません」

確実になにかを知っている様子なのに、それ以上、リカルドは語ってくれなかった。

それからもシャレードはあれこれ尋ねたが、のらりくらりと躱《かわ》されてしまったので、それ以上の収穫はないまま彼を帰した。

ラルサスと同じで、答えられないことがあるということはわかった。

でも、謎が深まってしまった気がする。

リカルドが帰ってから、シャレードは考え込んだ。

彼の反応から、ラルサスが性行為でシャレードの病気を治してくれたという推測は間違ってはいないように感じる。

そうだとしたら、彼を避け続けてしまったことを申し訳ないと思う。

『説明できない』と言われても、もう少し理由を聞けばよかったと後悔した。

(ラルサス様が私のために人生を犠牲にしたというのはどういうことかしら?)

そんなことはとても信じたくはない。

でも、もし本当だったら、どうしたらいいのだろうとシャレードは痛む胸を押さえた。

(もしかして他国の女性と交わってはいけないというような戒律でもあるのかしら? それが見つかったら、罰を受けるというような……)

それでも、ラルサスは普通に生活している。なにか制限を受けている様子もない。

結局、彼のことはよくわからなかった。

それでも、ラルサスが二度も自分を助けてくれたと思うと、想いがあふれて止まらなくなりそうで、シャレードは瞳を閉じて、気持ちを抑えた。

医者の告げた『素直になってみられたらいかがでしょう』という言葉に反して。

翌日、学校で、シャレードは気づかれないようにラルサスを見た。

じっと見つめるわけにはいかない。

（だけど、だけど、一瞬だけ……）

ちらっと彼の方を見る。

視線をやったのは本当に一瞬、しかも距離があったのに、彼の熱い瞳とぶつかった。

バッと目を逸らす。

心臓がドキドキして、落ち着けるように大きく息を吐く。

なにげない顔をして、席についた。

（ラルサス様にもう一度聞いてみたい、一連のことを。話せるところだけでもいいから）

勇気を出して尋ねてみようと思ったその日、廊下で通りすがりに聞こえた会話に、シャレードは中庭のベンチを見た。

「あら、またラルサス様がマレーネ様とご一緒されているわ」

声の通り、そこには談笑しているラルサスとマレーネ・クリスト侯爵令嬢がいた。

「ラルサス様とマレーネ様はお似合いね」

「悔しいけど、氷の公女よりも納得できるわ」

マレーネは優しげな美人で、クリスト侯爵がフォルタス公爵の派閥と対立しているため話す機会はなかったが、シャレードを悪く言っているのを聞いたことはない。性格のよい穏やかな女性だ。

今までシャレード以外の女性と親しくしなかったラルサスだったが、このところ、マレーネと二人きりでいる姿がたびたび目撃されている。

シャレードも、ラルサスがマレーネに積極的に話しかけているのを見かけたことがあった。

（本当にお似合いの二人……）

ツキンと胸が痛んで、シャレードはそんな自分を腹立たしく思った。

さんざんラルサスを避けておいて、こんな気持ちになるなんて。しかも、王太子の婚約者である自分がなにを考えているのかと。

ラルサスに声をかけてみようという思いは早くもくじけてしまった。

胸に渦巻く感情を外には出さないようにして、彼女はそっとその場を立ち去った。

＊――＊＊＊――＊

このところ、ラルサスは精力的に晩餐会に参加していた。それも、反王太子派というべき良識派の貴族のところを選んで。

級友のマレーネを通じて、その仲立ちをクリスト侯爵に頼んでいた。

晩餐会では、聞けば聞くほど王太子への不満や、この国の将来を憂う声が多かった。

『ラルサス～、僕、難しい話ばかりで退屈だよ～』

『仕方ないだろ。根回しが必要なんだ』

『なんの？』

『カルロを廃太子にするためのさ』

テーブルの上にひっくり返り、駄々っ子のようにじたばたしていたフィルがひょいと起き上がった。目をキラキラさせて、ラルサスを見る。

そして、ふよふよと彼の目の前に飛んできて、拳を突き上げる。

『あいつをぎゃふんと言わせるの？　それじゃあ、仕方ないから待つよ。僕、あの人、嫌いだし。ラルサス、頑張ってよ～』

『だから、頑張っているだろ』

『違うよ。シャレードを奪うのを頑張れって言ってるの！』

気軽なフィルの言葉に、ラルサスは思わず、溜め息をついた。

それができたら、どんなにうれしいことか。

前に同じようなやり取りをしたときより、難度は上がっている。それどころか絶望的だ。

『でも、もうシャレードはラルサスのことを怒ってないよ？』

そんなことをフィルが言うが、とても楽観的には受け取れない。

この間の事件のおかげでシャレードは感謝してくれているのかもしれない。しかし、相変わらず、彼と目が合っても、シャレードは視線を逸らした。

ラルサスはまた溜め息を漏らす。

(今はそんな状況じゃない。シャレードをカルロから解放する。私が願うのはそれだけだ)

そう自分に言い聞かせて、社交に励んだ。

次なる王太子候補として、この国の第二王子のことも調べさせる。

今は亡き側室の子だということで、あまりよく扱われていないが、まだ十歳の割に利発な子だそうだ。

良識派の貴族たちは、王太子に不満を持ちながらも、無用な争いを避けるために第二王子を擁立することはしてこなかったようだった。しかし、もうひと押しすればやぶさかではない様子だ。

ラルサスは、この国に内政干渉したいわけではないので、争いがなく自然な状態でカルロを廃太子にしたかった。

(それには借金だけでは弱い。シャレードを襲わせたのも、あの男の証言だけでは揉み消されてしまうだろう。やはり犯罪組織と関わっている証拠がほしいな)

シャレードには幸せになってほしい。カルロに嫁ぐよりも最悪な未来はないだろう。

ラルサスはそう思った。

そんなときだった。情報員が興奮して走り込んできたのは。

「証拠をつかみましたよ！」

情報員が証文らしきものを差し出した。

「あのクズ王太子が借金の形《かた》にこんなものを発行していたんです！」

それは、カルロが荷を保証するという手形だった。

これを持っていたら、中身をチェックされることなく関所を通過できる。

しかも、国家機密だからと、荷を検めるどころかその荷物の存在自体を隠すように書いてある。

ラルサスたちのような異国人になかなか調べがつかなかったのも理解できた。

「それのせいか！」

密輸のカラクリがようやくわかった。

こんなものがあれば、密輸はたやすかっただろう。

まさか王太子がこんな愚劣な行為に手を染めているとは誰も思わなかったので、盲点となっていた。検査官も自国の王太子を疑うことはしなかったのだろう。

「それで、これを持っていた者を捕まえたのか？」

「それが……逃げられました。正確に言うと、拘束したところ、何者かに殺されたのです。この手際のよさは先日アジトを移したやり口と一緒ですね」

悔しそうに情報員が言った。

「それでも、よくやってくれたな。これで、ファンダルシア王に交渉できる」

（パーツは揃った。あとはどう持っていくかだけだな）

密輸のことも廃太子のことも一気に片が付きそうで、ラルサスは明るい気分になった。

情報員をねぎらって帰すと、今後の段取りを考えた。


その夜、ラルサスはフィルを通じて、精霊付きの父王と連絡を取り、この計画の詳細を詰めた。

精霊付き同士は遠隔地であろうとも、己の精霊を通して、意思の疎通ができる。

そのため、情報伝達がとてつもなく早く、ヴァルデ王国は商業的にも軍事的にも圧倒的有利に立つことができた。精霊の存在が秘匿されているのはこのためでもある。

精霊付きの王家の人間を他国に派遣して、情報収集するのもヴァルデ王国の常套手段だ。

代々、軍事的野心を持つ王はいなかったものの、こうして自国を守るため、不穏な気配を察知すれば叩き潰し、産業、交易の発展に積極的に情報を使ってきたので、ヴァルデ王国は栄えていた。

ラルサスの案に概ね賛成してくれた父は、急に話題を変えた。

『で、そいつを廃太子にしたら、婚約も解消されるんだろ？　ちゃんと例の彼女を連れて帰ってくるんだぞ？　そうじゃないと、お前は一生独身だ』

釘を刺され、ラルサスはグッと言葉に詰まる。

父には経緯を事後報告しており、激怒されたあと、心配された。

彼のした行為は王家の一員としての役目を放棄するようなものだったから、ラルサスは甘んじて怒りを受け入れようと思っていた。しかし、父も精霊付きだけに、ラルサスの止められない熱情を理解し、案じてもいたのだ。

フィルによると、もうシャレードは彼に対して怒りを感じていないようだが、未だに目も合わせてもらえない。ラルサスがカルロを廃太子にするよう動いていたことを知ったら、今度はどう思うだろうと苦い思いで考えた。

(心優しいシャレードのことだから、カルロが廃太子になるのを悲しむだろう。また恨まれてしまうかもしれないな……)

父に発破をかけられて、通信が終了すると、ラルサスはついフィルに弱音を漏らした。

『シャレードはどう思うかな？』

『なにを？』

『私がカルロを廃太子にすることを』

『喜んで、ラルサスのところに来てくれるんじゃない？』

安直に言われて、ラルサスは溜め息をついた。

フィルはラルサス側でしか物事を見ていない。

精霊に人間の機微を理解しろといっても無理だった。

ラルサスは、シャレードに告げるかどうかで悩んだ。

(いきなり知るのと、前もって知って心の準備をするのとではどちらがいいだろうか？)

悩んだ末に、外野から中途半端な伝わり方をするよりは、自分から伝えたほうがいいと結論づける。

でも、結局は、シャレードと話したいだけだった。

＊――＊＊＊――＊

シャレードは、真相よりなにより、彼が人生を犠牲にしていると言った医者の言葉が気になっていた。

(もしそうだとしたら、私にできることはあるかしら？)

リカルドはシャレードが素直になることだと言ったが、それは論外だった。そんなことをしてもなにも解決しないと思う。

でも、自分のためにラルサスが犠牲になるのは嫌で、なにかしたかった。

その日の放課後、シャレードは意を決してラルサスに話しかけた。

「ラルサス様、少しお話ししたいのですが、お時間をいただけませんか？」

声をかけられたラルサスは弾かれたように顔を上げ、うなずいた。

「ちょうどいい。私もシャレードに話があったのです」

そう言われて、シャレードは高鳴る胸を抑え、静かな瞳で彼を見返す。

でも、ラルサスの瞳には憂いがあった。

またよくない話題を予感して、高揚していたシャレードの気持ちは沈んだ。

シャレードは前にカルロと呼び出されたのとは違う談話室に、ラルサスを連れていった。

その部屋はシンプルにソファーとローテーブルがあるだけだったが、内装が淡いピンクで統一され、やわらかく明るい雰囲気の部屋だった。

「その後、お身体の具合はいかがですか？」

開口一番にラルサスはシャレードを案ずる言葉を発した。

「おかげさまで元気です」

「それはよかった」

安堵したように微笑むラルサスを見て、シャレードは考えた。

(その後っていつのことかしら？　ラルサス様が病気を治してくれたあとってこと？)

でも、シャレードが倒れたことや、この間の襲撃事件のことを気にしてくれているのかもしれないと思い直す。どれだけあの行為を正当化したいと思っているのかと苦笑してしまう。

　気を取り直し、ラルサスに頭を下げる。

「お忙しいなか、お時間をいただいて、ありがとうございます」

「あなたのためなら、いくらでも」

　キザなセリフだが、ラルサスの真摯なまなざしで告げられると、シャレードの心臓が跳ねる。

　話を促すようにラルサスがシャレードを見るので、彼女はためらいつつ、話し出した。

「あの……私、見たんです。ラルサス様があの暴漢の怪我を治すところを」

　核心から伝えたシャレードは、彼がどう反応するだろうと観察していた。しかし、ラルサスはなんのことかわからないといった表情で聞き返した。

「私がなんですって？」

「私が刺した男性の傷を治したでしょう？」

「なんのことでしょう？　あの男は私の部下が手当てしていましたよ」

「そんなはずは……！　だって、ラルサス様が触れた途端、あの人はうめくのをやめたんです！」

「ハハッ、私は怖がられたのでしょうか？」

「そんな雰囲気ではありませんでした！」

　とぼけるラルサスに、めずらしくムキになってシャレードが言い募った。

　優しげな顔をしたこの人が、優しいだけの人ではないと知っていたからだ。

王族たる者、ポーカーフェイスはお手のものだろう。

「それに私の胸の傷も治っていました。確かにナイフが刺さった感覚があったのに」

「当たっただけで刺さってなかったのでしょう。あなたの肌が傷つかずによかった」

目を細めて微笑むラルサスをシャレードはにらんだ。

「違います！　あのとき確実に……。そうだわ、手を見せてください」

シャレードが胸をナイフで突こうとしていたのをラルサスが止めてくれた。

そのときに手のひらに血が滴《したた》るほどの傷ができていたはずだ。簡単に治ることのない深い傷が。

それを思い出し、シャレードは強引にラルサスの手を取り、手のひらを開かせた。

「ほら、傷がないわ。あんなに血が出ていたのに」

「そんな大した怪我じゃなかったのですよ。それに私は傷の治りが早いほうで」

屋敷に帰って着替えたときに、ドレスに彼の血がべっとりついていたのに、ラルサスはしらを切る。

彼があくまで否定するので、シャレードは苛立った。

でも、ふと弱気になって、湖面のような瞳を揺らめかせ、ラルサスを見つめる。

「……あのとき、私の病気を治してくれたのではないのですか？」

か細い声でつぶやいたシャレードに、ようやくラルサスが表情を変えた。

彼はシャレードが掴んでいた手で彼女の手を握り直すと、驚いた顔で彼女を見つめ返した。

その翠《みどり》の瞳にはなにかを乞うような切実な光がこもっていた。

「どうしてそんなことを？　シャレード、あなたはもしかして、私を許そうとしてくれているのですか？」

硬い剣だこのある大きな手で自分の手をすっぽり包まれて、心拍数が上がる。

自分の望みを見抜かれた気がして、シャレードはとっさにかぶりを振った。そっと手を引き抜く。

そして、その答えの代わりに言った。

「あなたが私のために人生を犠牲にしていると言われたのです。私はそんなの嫌です。あなたが犠牲にならないために、私はどうすればよいのでしょう？」

「誰がそんなことを！」

「ヴァルデ王国出身のお医者様です。ラルサス様とも血が繋がっていらっしゃるそうです」

それを聞いて、ラルサスが息を呑んだ。

「まさか叔父上……？」

「リカルド・ヴァラルというお医者様です。叔父様なのですか？」

「そうです。この国に留学に来て、運命の人を見つけたと、ここに留まったのです」

「運命の人……」

シャレードが主治医から聞いた話と一致する。どうやら同一人物のようだ。

世間は狭いと驚いていたら、ラルサスがボソリとつぶやいた。

「……うらやましいですね」

「え？」

「いえ、なんでもありません」

さみしげに微笑んだラルサスの顔の周りを突然光が飛び回った。まるでなにかを主張しているような動きに目が奪われる。

「光……」

「えっ？」

今度はラルサスが聞き返した。そして、思わずというようにシャレードの視線を追って、光のほうを見た。

「ラルサス様にも見えるのですか⁉」

「なにが、ですか？」

さりげなく光から視線を外して、ラルサスは問い返したが、先ほどは確実に彼の目は光を追っていた。

「その光です」

シャレードが指さして言うが、ラルサスはもう光に目を向けず、首を傾げた。

「なにかの光が見えるのですか？」

シャレードが認識しているのを知って喜ぶように、光は彼女の目の前をぶんぶん飛び回る。まるで自分を主張するかのようだった。

それでも、ラルサスは認めないままで、自分にはなにも告げるつもりはないのだと理解して、シャレードは小さく息を吐いた。

「なにも話してはくださらないのですね……」

落胆した彼女を切ない瞳でラルサスが見つめる。それでも、口は開かない。

（そんなに熱い目で見るくせに）

シャレードはまた深い溜め息をついた。

光がなぐさめるように彼女の腕に留まった。

「……それで、ラルサス様のご用はなんでしょうか？」

彼に真実を明かしてもらうのをあきらめて、シャレードは話を向けた。

ラルサスの用事はやはりあまりよくないものだったらしく、彼の瞳がより憂いを帯びた。

「シャレード、これを見てください」

彼はシャレードになにかの書類を差し出した。

「この手形は法的に有効なものでしょうか？」

シャレードは気を取り直してそれを受け取り、目を走らせた。

それがなにかを理解した瞬間、自分の想いもなにもかも吹っ飛んだ。

彼が渡してきたのは、カルロが発行した手形だった。

「これはっ……！」

ありえない書類にシャレードは手が震える。

そして、一瞬ためらったが、生真面目に説明を始めた。

「この手形は国家手形であるはずです。通常、こうしたものを発行する際は、王太子殿下といえども通商部の承認を得て、大臣の印をもらわなくてはなりません」

「つまり、違法だと？」

「はい……そうですね。これをどこで？」

こんなものが出回ったら、カルロだけではなく、国家の責任が問われる。

できるなら今のうちに回収せねばと思った。

「前に、私が密輸のことを調べていると言ったでしょう？　その密輸品……具体的には麻薬や媚薬につけられていました」

「そんな！」

違法な手形を発行するだけでも罪なのに、それが密輸に使われていたと聞いて、シャレードは驚愕した。思わずゆるゆると首を振って否定しようとするが、媚薬という言葉に思い当たることがあり、目を伏せた。

ラルサスは、同情するようにシャレードを見つめる。

シャレードは心を落ち着けると、彼の目を見返して尋ねた。

「それで……ラルサス様は、どうなさるおつもりなのですか？」

「ファンダルシア王に告げて、カルロを廃太子に追い込みます」

きっぱり言ったラルサスに、シャレードはひゅっと息を呑んで口に手を当てた。

「私はカルロが許せない。あなたを蔑《ないがし》ろにするばかりか、あんな目に合わせて……。廃太子にしたら、婚約も解消されるでしょう？」

ラルサスの言葉にシャレードは目を見開いた。

あの襲撃はカルロの差し金だったと、ラルサスも結論づけたらしい。

「その……ために……カルロ様を？」

それは、シャレードのためにカルロを廃太子にすると言っているようなものだった。

自分のためにそんなことをするなんて、やめてほしかった。

シャレードの気持ちを読んで、ラルサスがなだめるように言った。

「あなたが責任を感じる必要はないのですよ？　もともと私は密輸の証拠を探していた。それが見つかったら、ファンダルシア王に交渉して、密輸を止めてもらう予定でした。それにカルロが絡んでいただけです」

それに、とラルサスは続けた。

「そもそも、カルロは王太子にふさわしくないと思っている貴族が多くいるんですよ。この事実を公表するだけで、そうした貴族たちの反発は必至でしょう。どちらにしてもカルロは廃太子にされることになるのです。自業自得です」

ラルサスの言葉に、自分のためばかりではなかったのだと思うものの、心はそんなに簡単には割り切れなく、シャレードの胸には悲しみとむなしさが広がった。

カルロと婚約して十年。それだけ長い間彼と関わってきたのに、シャレードは彼を止められなかった。むしろ、自分の存在が害になっていたのではないかとさえ思った。

（やっぱりカルロ様が廃太子にされたら、私は修道院に入ろう。そこで、カルロ様の更生を祈るの

がいいわ）

シャレードは目を伏せた。

ラルサスは立ち上がると、彼女のそばで跪《ひざまず》き、その手を取った。

ハッとシャレードが顔を上げる。

「シャレード。あなたが気に病む必要はありません。あなたは悪くない。充分耐えました」

そういたわられて、シャレードは泣きたくなった。

とてもそんなふうには思えなくて、力なくかぶりを振る。

ラルサスはいつもの熱い瞳で彼女を見つめていた。

＊――＊＊＊――＊

「カルロ様、お話があります」

シャレードがカルロに声をかけたのは、ラルサスと話した翌日のことだった。

放課後になるやいなや、シャレードはカルロのクラスに行き、話しかけた。

ラルサスの話を一晩考えて、このままカルロが廃太子になるのを黙って見過ごすことはできないと考えたのだ。

「なんだよ。俺は忙しいんだ」

「とても大事なお話なんです」

不機嫌そうに応じたカルロに、今日だけは譲らないとばかりにシャレードは言い募る。にらまれてもひるまず、今が最後のチャンスだと思い、彼に訴えかけた。

「うるさいな。なんだよ」

「ここでは話せません。カルロ様の進退に関わる話なのです」

「なんだよ、それ」

鬼気迫ったシャレードの様子に、カルロはしぶしぶ従った。

シャレードがカルロを連れてきたのは、昨日の談話室だった。

昨日、ラルサスが座ったソファーに腰かけた彼女は、単刀直入に言った。

「カルロ様、違法な手形をすぐ回収して、もう密輸に関わるのはおやめください」

「な、なんのことだ？」

じっと彼を見つめて真摯に告げたシャレードに対して、カルロは目を泳がせてとぼけた。

「カルロ様、証拠が押さえられています。今、なんとかしないと廃太子にされてしまいます」

「廃太子!?　そんなことができるわけが……」

「できます。この国でも、四代前の王太子が素行によって王位継承者として不適格だとされ、廃太子にされております。七代前は……」

「う、うるさい！　そんなの母上が許さないだろ！」

十九歳にもなって、母親を出してくるあたりに、カルロの精神年齢の幼さが表れていた。

守られているからなんでもやっていいと思っているのだろうかと、シャレードは溜め息をつき、諭すように言った。

「いくら王妃殿下といえども、カルロ様が犯罪に関わっている証拠を示されたら、かばいきれません。ですから……」

「うるさい、うるさいっ！　だまれ！　ふざけやがって！」

突然、激昂したカルロは叫んだ。

そして、テーブルを乗り越えて、シャレードの首もとを掴み――

バシッ。

頬を平手で打った。

彼女は驚きで動けなかった。

火がついたように頬が熱くなる。

「その目、その口調……いつもいつもバカにしやがって！　ムカつくんだよ！」

バシッ、バシッとカルロはシャレードを打ち続ける。

容赦なく打ちつけられる手の勢いは激しく、掴まれた首もとが締まって、息ができない。

なにより興奮して目が血走ったカルロが恐ろしかった。

「優等生ぶりやがって、何様のつもりだ！　お前と一緒じゃなきゃなれない王太子なんか、こっちから願い下げだ！」

叫んだカルロはシャレードを突き飛ばす。

脳震盪《のうしんとう》を起こして頭がグラグラしていたシャレードは受け身も取れず、床に転がった。背中を激しく打って、息が詰まる。口の中が切れたのか、血の味がする。

カルロがいくら乱暴者とはいえ、こんな扱いを受けたことのなかったシャレードはショックと恐怖で頭が真っ白になった。

カルロは、シャレードがぐったりしているのに気づき、顔を歪めた。

「お前が悪いんだからな！」

シャレードの状態を気に留めることなく、捨てセリフとともに彼は去っていった。


しばらくシャレードは動けなかった。

自分の身に起こったことが信じられなかった。

頭がガンガンして、のろのろと口もとに手をやると、ビリッと痛みが走り、手に血がついた。

シャレードの矜持《きょうじ》もこの暴力のもとには無力で、彼女はうずくまって嗚咽《おえつ》を漏らした。

＊――＊＊＊――＊

『ラルサス！　シャレードが殴られてる！』

『なんだって!?』

フィルが騒ぎ出したのは、ラルサスが帰ろうと馬車に乗り込もうとしていたときだった。

『どこで!?』

『わからないよ～。校舎の中としか』
『近くに行けば、わかるよな？』
『うん』
ラルサスは駆け出した。

音楽室、いない。
教室、いない。
図書館、いない。
医務室、いない。

ラルサスは片端から部屋を見ていった。
出会った者にシャレードの所在を確かめながら。
鬼気迫る彼の様子に驚きながらも、誰もシャレードの行方を知らないと言う。
「シャレード、どこだ⁉」
恥も外聞もなく大声を出して、ラルサスは走り回った。
『この近くだよ。あっち！』
『談話室か！』
ラルサスは談話室も端から開けていく。

昨日使った部屋のドアを開けたとき、シャレードを発見した。急に開いたドアに、彼女はビクッと身体をこわばらせた。

その白いはずの頬は赤く腫《は》れ、唇には血がにじんでいた。なによりボロボロと涙を流しており、自分が間に合わなかったことに、ラルサスは激しい怒りを覚えた。

「シャレード！　誰がこんなことを！」

ラルサスは彼女に駆け寄って、抱きしめた。

シャレードはガタガタと震えていた。

『フィル、治してやってくれ』

『いいの？　シャレードにバレちゃうよ？』

『いいっ！　どんな罰も受ける！　あぁ、最初からそうしていたらよかったよ……』

情報漏洩した者は禁錮十年の罰を受けることになり、王族の地位も剥奪される。でも、それでもいいとラルサスは思った。王族の義務なんて、どうでもいいと憤った。

『こんなときに治せなくて、いつ治すんだ！』

『うん、そうだね！』

ラルサスの言葉に、フィルはシャレードの頬を優しくなでた。

スーッと腫《は》れが引いていく。

突然痛みが消えて、シャレードは目を見開いた。

そっと唇や頬にふれ、暴力の跡がなくなっているのを確かめた。

「ラルサス様が……？」

湿った声でシャレードが問うと、ラルサスは困った顔でうなずいた。

「国家機密なんです。他言無用でお願いします」

「……承知いたしました」

痛みはなくなっても、ショックでシャレードの震えは止まらない。そんな彼女を、あぐらをかいた上に乗せ、ラルサスは抱え込んだ。

落ち着かせるように髪をなで、背中をなで、「シャレード、もう大丈夫です」と落ち着いた声でささやく。

フィルもよしよしと頭をなでていた。

シャレードを抱きしめながら、怪我だけでなく恐怖の記憶も取り除けたらいいのに、とラルサスは思った。

＊――＊＊＊――＊

優しいラルサスのしぐさに、シャレードは思わず、彼にすがりついて泣いた。

そんな彼女をラルサスはやわらかな声でずっとなぐさめてくれた。

彼のささやき声にこわばっていた身体の力が抜け、背中をなでる手に恐怖心も消えていく。

ラルサスの腕の中は温かくて安心できて、心が落ち着いていった。

震えが収まる。

もう少し、この温かさの中にとどまりたいという気持ちを抑えて、シャレードは顔を上げた。

「ラルサス様、ありがとうございました。もう大丈夫です」

そう言って離れようとすると、ラルサスは腕で囲って顔を覗き込んできた。

いつもの冷静な自分に戻ったつもりだった。

傍から見ると、泣いた跡はあっても、いつもの澄みきった水面のような平静な瞳になっていたはずだった。

しかし、表面上は穏やかでも、その一枚下には、恐怖、悔しさ、あきらめ、悲しみなどのさまざまな感情が渦巻いていた。

それを見透かすように、ラルサスは彼女を見る。

「シャレード、誰があなたを傷つけたのですか？」

憤ったラルサスの声がする。

シャレードは自分が情けなくて、目を伏せた。

「私が馬鹿だったのです。少しは変えられると、うぬぼれていたのです。私にはなんの力もないのに……」

悲しげにつぶやくシャレードに、ラルサスはハッと思い当たった顔をした。

「まさかカルロですか？」

「…………」

シャレードは答えなかったが、それが答えだった。

「すみません。私が余計なことを言ったばかりに……」

「いいえ、余計なことをしたのは私のほうです。ラルサス様のお手を煩わせることになって、申し訳ありません」

「そんなこと、ありません。……許せないな。八つ当たりじゃないか！」

拳を握りしめるラルサスに、シャレードは力なく首を振った。

ラルサスは馬車までシャレードを送ってくれた。

もう何度こうして彼に助けられたのだろうと彼女は申し訳なく思う。

しかも、彼が隠し通したかっただろう国家機密を明かしてまで、シャレードの傷を治してくれた。

放っておいたらそのうち治るものなのに。

(ラルサス様がお咎《とが》めを受けないといいのだけど)

馬車に乗せられたシャレードは今さらながら思い至って、心配になった。

しかし、ショックと疲労感から、彼女はいつの間にか目を閉じていた。

第五章

シャレードを見送ったあと、ラルサスは王宮へと向かった。

ファンダルシア王に面会を申し込んでいたのだ。

放っておくと、カルロがなにをしでかすかわからないと思い、これでも急いだつもりだったのだが、甘かった自分を殴りたくなった。

（なぜシャレードに話す前に手を打っておかなかったんだ！）

ふつふつとして収まらない怒りを胸に、早く決着をつけてしまいたいとラルサスは願った。

王宮へ着き、謁見の間で待っていると、ほどなくファンダルシア王が現れた。

「このたびは急な面会に応じてくださり、誠にありがとうございます」

「ヴァルデ国王の名代と言われては、無下にすることもできまい。で、用件はなんだ？」

ラルサスが儀礼的に頭を下げると、ファンダルシア王は苦笑した。

留学中の王子がいったいなんの用だと不審に思っていた。

王の隣にはラルサスの要請で、通商大臣も控えている。

聞かれて、ラルサスはカルロの発行した手形を取り出した。

「これをご覧いただけますか？」

侍従に手形を渡すと、彼は王のもとへそれを運んだ。

手にしたものを見た王は、それがなにかを理解すると顔色を変えた。

「なんだ、これは！」

「大臣にもご確認いただけますでしょうか？」

ラルサスに促されて、王はしぶしぶ手形を通商大臣に手渡した。

通商大臣も手形を見て驚いた顔をしたが、王を窺《うかが》い見て、なにかを言うことはなかった。

しかし、ラルサスは彼を名指ししてシャレードにしたのと同じ質問をする。

「通商大臣、それは法的に正しいものでしょうか？」

彼は渋い顔をしつつも、答えた。

「これはまだ私の印が押していないので、これから王太子殿下が申請されるものではないでしょうか？」

質問とは少しずらして答えた大臣に、ラルサスはさらに追及する。

「ということは、違法ということですか？」

「今の段階では、そうとも言えるかもしれないですな」

大臣は苦しい答えをした。

「それをどこで見つけたと思いますか？」

ラルサスはふたたび王に目を向け、問いかけた。

「わからんな」

彼の答えはにべもない。

ラルサスは穏やかに微笑みながら、爆弾を投げた。

「それは我が国に密輸されていた麻薬や媚薬につけられていたものですよ」

「なっ、馬鹿な！」

「なんと！」

あまりのことに王も大臣も絶句した。

違法な手形が見つかっただけでも問題なのに、密輸にまで使われているとは夢にも思わなかったのだ。

「前に密輸について、我が国より取り締まっていただきたいと要請した際、証拠がないとおっしゃいましたね。今、こうして証拠をお持ちしました。お疑いなら、証人やその荷もございます。今度は取り締まっていただけますよね？」

「う、うむ、わかった。手配しよう」

にこやかに迫るラルサスに、王はしぶしぶうなずいた。

「その組織の現在のアジトもわかっております。至急動いていただけますか？」

取り逃がしたら、そちらのせいだとばかりに、ラルサスは付け加えた。

苦々しい顔でファンダルシア王は、そちらも約束した。

「わかった。治安部隊を動かそう。隊長に言っておくゆえ、情報を提供してくれるか？」

「承知いたしました。感謝いたします」

礼を言った彼に、王が気を緩めたとき、ラルサスは笑顔で続けた。

「それと──」

「まだなにかあるのか！」

カルロとよく似た反応の王に、ここからが本番だとラルサスは気を引き締める。

「ヴァルデ王国は、犯罪者と関わるような王太子を持つ国との交易を見直したいと考えております」

「なっ！」

「そんなこと、できるわけがないでしょう！　そんなことをすれば、貴国は食糧難に陥りますぞ？」

ラルサスの言葉に王は絶句し、黙って聞いていた通商大臣は思わず口を挟んだ。

「我が国の食糧事情をご心配いただき、ありがとうございます。しかし、トロメラ皇国と交易を始めましたので、問題はないのです」

ファンダルシア王国とは反対側に位置する国の名前を出されて大臣は愕然とした。

余裕を見せて微笑むラルサスを問いただす。

「あそこは鎖国していたはずです！」

「そうですね。未だに鎖国していますよ。我が国に独占交易が認められただけです」

「馬鹿な……」

トロメラ皇国は鎖国しても成り立つほど資源豊かな国だった。そこと交易ができるとなれば、確かにファンダルシア王国との交易の重要性は低くなる。

「関税か？　関税率を引き下げたらいいのですか？」

通商大臣は焦って、ラルサスに交渉を持ちかけた。

というのも、ヴァルデ王国の産する鉱物が産業すべてに広く使われるようになっていて、それが手に入らないと、生活様式が一時代前に戻ってしまうからだった。

そんなことを貴族も国民も容認するはずもない。

「私は先ほど、見直したいのは、犯罪者と関わるような王太子を持つ国との交易だと申し上げました」

ラルサスはファンダルシア王を見据えて静かに告げた。

通商大臣はラルサスの意図がわかって、「陛下……」とすがるように王を見た。

「……それは、カルロを廃太子にしろという圧力か？　内政干渉だぞ？」

「いいえ、交易相手としての信用の問題です」

冷たく返したラルサスに、ファンダルシア王はひらめいたというように手を打った。

「あぁ、わかった！　そなたの望みはシャレードだな？　シャレードが欲しくてそんなことを言い出したのだろう？　それならカルロとの婚約を解消させる。それでいいだろう？」

まるでシャレードをくれてやると言わんばかりの王の口調に、ラルサスの視線の温度がさらに冷たくなる。親子揃って、シャレードを蔑《ないがし》ろにする態度に彼は激怒した。

「そういう問題ではないのです。カルロ王太子は、未来の交易相手にはふさわしくありません。街の賭場で多大な借金を作り、その形《かた》にその違法な手形を発行するなどという暴挙を侵す方とはとうてい取引できません」

「賭場で借金？」

ファンダルシア王はぽかんと口を開けた。

ラルサスがカルロの借用書を渡すと、受け取った王の手が震える。

ラルサスはとどめを刺すように言った。

「王太子はその犯罪組織に依頼して婚約者を襲撃させました。すべて証拠は揃っています」

冷静であろうとしたラルサスだったが、最後は言葉に感情がにじみ出そうで、拳を握って耐えた。

カルロのことは完全にラルサスの私怨も混じっていたが、密輸の取り締まりに動こうとしなかったファンダルシア王国に、ヴァルデ国王も怒っていた。

トロメラ皇国との交易を開いたきっかけを作ったのはラルサスで、その功績もあり、思う存分やれと、有り難い言葉をもらっていた。

「今の段階でもすでに穏健派貴族の方々は、カルロ殿下の振る舞いは目に余るといって、第二王子擁立もやむを得ないと考えているようです。この手形の情報を公表したら、どう動くでしょうね」

ラルサスの口ぶりに、根回しがすでに終わっているのを感じ、ファンダルシア王はがっくりと肩を落とした。

「……時間を、くれ……」

弱々しく言う王にラルサスは容赦なかった。

「すべてが明るみになり、王権が失墜する前に決断されますよう期待しております」

言いたいことをすべて言い終えると、ラルサスは優雅に一礼して、その場を辞した。

自分の息子とは段違いの振る舞いに、ファンダルシア王は焼けつくような嫉妬とカルロへの落胆を覚えた。


ラルサスがこれでもかと脅した甲斐があり、すぐさま犯罪組織は摘発され、カルロは蟄居処分《ちっきょしょぶん》となった。

残念ながら主犯格は逃したようだが、組織に大ダメージを与えたし、ヴァルデ王国に手を出してはいけないと刻み込まれたはずだ。

カルロへの処分を甘いと思っていたラルサスだったが、時を置かず、素行の悪さを理由にカルロは廃太子にされ、第二王子が王太子となった。カルロにうんざりしていた貴族たちは喜び、それを追認した。

それとともに、ラルサスの念願だったカルロとシャレードの婚約解消も発表された。ファンダルシア王との謁見から一か月後のことだった。

(婚約を解消されて、シャレードはどう思っているだろうか……?)

少なくともシャレードが確実に不幸になるのは防げたとラルサスは満足した。いや、満足したように自分をごまかした。

このところラルサスは事後処理で多忙を極め、学校へ行けていなかった。それどころか、この一件が片づいたら、ラルサスは国に帰らなくてはならなかった。帰国したら、禁錮処分になり、二度との国には戻ってこられないだろう。

（帰る前に、もう一度だけシャレードに会いたい。一目だけでも。そして……）

しつこいと嫌がられるかなとラルサスは吐息をついた。

＊――＊＊＊――＊

帰宅したシャレードは、ショックから抜け出せずにぼーっとしていた。

カルロと婚約していた十年間はいったいなんだったのかと悲しくてむなしくて、情けなかった。

婚約者からこんなに疎《うと》まれている自分にも嫌気がさす。

カルロを見下しているつもりはなかった。

でも、考えてみれば、事あるごとに義務や責任のことばかり言っていた。彼を追い詰めて、ここまでのことをさせてしまったのは自分かもしれないと後悔した。

（もっと私がカルロ様に寄り添っていたらよかったんだわ……）

王や父から期待をされていたというのに、結局、自分の責務を果たすことができなかったと、シャレードは落ち込んだ。

（これからどうなるのかしら？）

ラルサスのあの様子では、間違いなくカルロを廃太子に追いやるだろう。

そうなると、きっとカルロとの婚約も解消される。

政局が不安定になるから、バランスを取ろうと、父のフォルタス公爵はすぐ新しい婚約者を選ぶかもしれない。

（もう嫌だわ）

自分は誰かを支えられる人間じゃないのがわかった。新しい婚約者ともきっとうまく関係を築けないだろう。彼女は自信を失っていた。

それに、シャレードは男性が怖くなった。

新たな婚約者が暴力を振るう人だったら耐えられないとも思う。

カルロの暴力を思い出すだけで身体が震えた。

それくらいなら修道院に入ろうとシャレードは心に決めた。

寄付をすれば、受け入れてくれる修道院はいくらでもある。少し前から調べていたのだ。

（修道院で心静かに過ごしたい）

そう考えながらも、思い出すのはラルサスの温かい腕の中だった。

（ラルサス様……）

本当はすがりついて離れたくなかった。

でも、それは許されない。

たとえ、婚約解消になっても、カルロが廃太子にされた責任の一端はシャレードにある。

ラルサスに甘える権利はないのだ。

（それでも、もう一度だけ、ラルサス様に会いたい）

そんなシャレードの願いもむなしく、翌日からラルサスは学校に来なかった。

そして、カルロも。


さまざまな憶測が飛び交ったあと、唐突に、カルロが廃太子にされたことが発表され、第二王子が王太子に指名された。

どんなやり取りがあったのかわからないが、カルロとシャレードの婚約が解消されるとともに、第一王女とシャレードの弟との婚約が発表された。

そのすべてにおいて、シャレードは蚊帳《かや》の外だった。

父の公爵から、事前にも事後にも話はない。

それどころか、このところ父は忙しそうで、顔を合わせる機会もなかった。

（とうとう婚約が解消された……）

喜びも悲しみもシャレードにはなかった。

ただ、空虚さだけが残った。


そのニュースにざわつく校内で、シャレードは淡々と授業を受けた。

なにか聞きたそうに、チラチラと見られるが、シャレードに話せることはない。

少し前には、新聞を犯罪組織の大捕物の記事が賑わせた。

密輸絡みだというので、ラルサスが調べていた件かもしれないとシャレードは思った。

（このまま、ラルサス様は帰国されてしまうのかしら……）

さみしい気持ちでそう考えていたある日の放課後、ラルサスが姿を現した。

制服ではなく、ヴァルデ王国の正装をしている彼は、エキゾチックな魅力にあふれ、精悍《せいかん》で麗しかった。

いつもの熱い瞳でシャレードを見つめながら、まっすぐ彼女のもとへやってくる。

シャレードも焦がれるように彼から目が離せずに、ひたっとラルサスを見つめた。

「シャレード、少しお時間をいただけませんか？」

高鳴る胸をなだめながら、シャレードは「はい」と静かにうなずいた。


二人は中庭に出た。

そこでは花が咲き乱れ、カスケードを通り抜けた涼しい風がそよそよ吹いてくる。

ラルサスは美しい風景に目を細めた。

そして、シャレードのほうを振り向いた。

日の光にキラキラと輝くピンクパール色の髪。

精悍《せいかん》な褐色の肌。

少し垂れた切れ長の目。

翠色《みどり》の美しい瞳が彼女を見つめる。

熱情を宿して。

シャレードはただ彼に見惚れていた。

そんな彼女の前に跪《ひざまず》いて、ラルサスは手を差し出す。

「シャレード、愛してます。どうか私の手を取ってください」

まさかそんなことを言われるとは思っていなかったシャレードは息を呑んだ。

自分でも驚くほど心が浮き立ち、喜びが湧き上がった。

真摯に見上げるその姿は、端正で魅力的でとても素敵だ。

やわらかな髪を風が揺らし、なでていく。

長いまつげから覗く翠《みどり》の瞳は相変わらず熱くて、シャレードの心を掴んで離さない。

彼の瞳は切実に彼女を求めるようで、シャレードの心は波立った。

不思議なことに彼だけがシャレードの感情をこんなにも揺れさせる。

(ラルサス様……。私……)

手を伸ばしかけ、同時に、マレーネと談笑していたラルサスの姿を思い出して、ぴたっと止まった。彼にはいくらでもふさわしい相手がいると考えたのだ。

(私にはもったいない方だわ。あんなにカルロ様に疎《うと》まれるような私は、ラルサス様に似つかわしくない。それに、廃太子となった責任だってある。私だけ幸せになんてなれないわ……)

ラルサスの手を取れない。取る資格がないのだと彼女は思った。

平静なはずのシャレードの瞳が揺れて、揺れて……彼女は目を閉じた。

そして、心を押し殺すと目を開け、静かに首を横に振った。

「ラルサス様にはもっとお似合いの方がいらっしゃいます」

「でも、私はあなたがいいのです。私が求めるのはあなただけだ」

訴えるような彼のセリフに、シャレードの心は震えた。

(その言葉だけで、これから一人でも生きていけるわ)

彼の求愛の言葉を大事に胸にしまって、シャレードはもう一度首を横に振った。

「とてもうれしいです。でも、私はあなたの手は取れません」

きっぱりと言ったシャレードの目をラルサスはじっと見つめた。

そこにあるのは波一つない湖のような瞳で、彼女の意思が変わらないのを見て、ラルサスはがっくり肩を落とした。

ラルサスは差し出していた手を握りしめた。

抗議するように、再考を促すように、光がシャレードの周りを飛び回った。

力なく立ち上がり、ラルサスは苦しげに微笑んだ。

「お時間を取らせました。まもなく私は帰国します。お会いできるのもこれが最後かもしれません。シャレード、あなたの幸せを心より祈っています。どうかお元気で」

彼女が拒否してもラルサスは紳士的な様子を崩さなかったが、伏せたまつ毛が顔に暗い影を落としていた。

シャレードは胸が締めつけられたが、彼の手を取れない自分をどうすることもできなかった。

踵《きびす》を返したラルサスを追いかけるように声をかける。

「あ……。私も……私もラルサス様の幸せを心よりお祈りしております」

その声に一旦立ち止まったラルサスだったが、振り返りはせずに、立ち去った。

ラルサスの姿が見えなくなると、シャレードは泣き崩れた。

(ごめんなさい、ラルサス様。私のことなど早く忘れて、お幸せになってください。修道院でずっとお祈りしております)

忘れてほしくなどないくせに、シャレードは無理やりそう思い、顔を覆った。


それから、シャレードはひそかに遠方の修道院に入る準備をした。

腫《は》れ物に触るように扱われ、誰も彼女のことを構わずにいてくれたので、都合がよかった。

両親へ謝罪の手紙を書く。

孤児院にも行けなくなるので、ひそかに宝石やドレスを売ったお金で、定期的に子どもたちへのプレゼントが届くように手配する。

修道院の院長にも手紙を出し、許可を得られた。

すべての準備が整い、いつでも出発できる状態になったとき、ラルサスから手紙が届いた。

急いでいたのか、メモに走り書きしたようなものであったが、帰国する前に、もう一度だけ会いたいというものだった。

シャレードも修道院に入る前に、ラルサスの帰国を見送れたらと思っていた。

そこに書かれた『明日の昼に王宮の中庭で待っている』というメッセージに心が躍った。

自分から求婚を断ったくせに未練がましいと思いながら。

翌日、シャレードは指定された王宮の中庭に向かっていた。

これでラルサスと会うのは本当に最後になるだろうと切なく思いながら。

中庭には白い花を満開につけた大きな木が繁り、その下に佇んだラルサスが花を見上げていた。

可憐な花に見惚れている様子はそれ自体が美しい絵画のようで、そのままずっと覚えておきたい光景だとシャレードは目を惹きつけられた。

そのとき、彼の背後にギラリと鋭い光が反射するのが見えた。刃物を持った誰かが彼に忍び寄っていたのだ。

「お前さえいなければっ！」

目をギラギラ光らせて、どこか薄汚れたカルロが叫んだ。大型のナイフを手にラルサスに向かって突進してくる。

呼び出しの手紙は、彼らを害そうとしたカルロの仕業だった。

(ラルサス様！)

シャレードは目を見開いた。

声もなく全力で走り寄る。

(彼を失いたくない！)

シャレードの頭の中にはその思いしかなく、自分の危険もなにも考えずに、とっさに二人の間に割り込んだ。ラルサスを守るように。

ドンッ！

カルロのナイフがシャレードの胸に吸い込まれ、引き抜かれる。

「うっ……」

彼女の胸から血が吹き出す。

シャレードの頭の中を、すごい勢いでラルサスとの思い出が流れる。

歓迎の舞踏会で初めて会ったときの印象的な彼の様子、ディルルバの演奏を聴いたときの感動、彼に抱かれたときの切なさ、暴漢から救われたときの安堵感、そして、愛しているとプロポーズされたときの喜び……

驚きに目を瞠《みは》ったラルサスは、次の瞬間、痛ましげにシャレードを見た。

彼の無事を見て取り、シャレードは微笑んで目を閉じた。

「シャレード！　誰か！　衛兵！」

蒼白になったラルサスが叫び、崩れ落ちるシャレードを抱きとめた。

心臓に近いところを刺されたせいか、血が激しく流れ出していた。

ゴホッとシャレードが咳き込むと、口からも血が流れ落ちる。

「ちっ、本当に邪魔な女だな。まぁいい、ラルサス、惚れた女が目の前で死ぬところをなにもできず見ているといい」

カルロはナイフを放り出し、高笑いをして逃げていく。駆けつけた衛兵が慌てて追いかけた。

彼の憎々しげな声が聞こえて、シャレードの心が冷えた。

でも、不思議なことに、ふんわりと身体が温かくなって、刺されたところの痛みが急速に消えていく。

死に至るほどの深い傷だったはずだ。

シャレードは驚いて、目を開いた。

そこには心配そうに彼女を眺める翠《みどり》の瞳があった。

(これは例のラルサス様の癒しの力？)

目で問いかける。

先日カルロに殴られたときも、こうして一瞬で怪我が治った。

(すごい力だわ。ラルサス様が隠すのもわかる気がする)

国家機密と言っていたことを思い出す。

こんな力があったら、面倒なことに巻き込まれたり、下手したら命を狙われたりしかねない。

その隠さないといけない力を何度も自分のために使ってくれたと思うと、冷えた心が温まった。

でも、ふとあの医者の言葉がシャレードの頭によみがえった。

(ラルサス様はこの力の行使のために、なにか犠牲にしているの？　もしかして、なにか代償が必要だとか？)

「ラルサス様、大丈夫ですか？」

不安になって、問いかける。

シャレードを腕に抱き、ハンカチでその口もとを拭いてくれていたラルサスが目を丸くした。

「刺されたのはあなたのほうじゃないですか！」

「そうじゃなくて、あの力を使って、大丈夫なのかと思って」

「そんなことを気にする必要はありません。だいたいなんていう無茶をするんですか！」

めずらしく激昂して、ラルサスが叫ぶ。

反対に落ち着いたシャレードは彼を見上げ、にっこり笑った。

「あなたが無事でよかったです」

血と一緒に変なこだわりもプライドも流れ出ていったようで、素直な言葉が口から出た。

それなのに、ラルサスは悲痛な顔をした。

「……っ！　よくない！　どうしてこんなことを！　死んでいたら治せないいんですよ？　あなたになにかあったら私が悲しむと思ってはくれないのですか!?」

感情が高ぶった様子のラルサスとは対照的に、シャレードは穏やかな表情で微笑み、なぐさめるように彼の頬に手を伸ばした。彼が泣きそうな顔をしていたから。

落ちかかるピンクパール色の髪を掻き上げ、頬をなでる。

「ごめんなさい。勝手に身体が動いたんです。あなたを失いたくないと」

身体は正直だった。

愛しい人を守ることしか考えてなかった。

シャレードは不思議だった。

あんなに否定していたのに、自分は資格がないと、気持ちに蓋をして見ないようにしていたのに、一瞬にしてなにもかもすべて溶けて、今は素直にこう思えた。

(ラルサス様、愛しています……)

ピカッとシャレードの胸もとが光って、そこに小さな男の子が現れた。

ミントグリーンの癖毛に、ラルサスと同じ翠《みどり》の瞳のかわいらしい顔をした手のひらサイズの子だ。

ヴァルデ王国特有の長い上衣にズボンを穿いて、腰もとに赤い布を巻いている。

『それをラルサスに伝えてやってよ～』

男の子はシャレードを見て言った。

「え、あなた、は……？」

男の子は自分にシャレードの視線の焦点が合っているのに気づき、驚いた顔をした。

『もしかして、僕の声が聞こえるようになったの、シャレード？』

男の子に聞かれて、よくわからずも、シャレードがうなずいた。

『こりゃ、禁錮十年どころじゃないね。終身刑かもよ、ラルサス』

「どういうことですか？」

『能力を他国の者に漏らすだけでも禁錮十年なのに、僕の存在までバレたら、ラルサスは死ぬまで閉じ込められるかもって話』

「そんな！」

「フィル！　余計なことを言うな！」

慌てたラルサスが捕まえようとしたが、男の子はするりとその手を抜けて、上空へと逃げ出した。

『言うよ～。言うに決まってるじゃん！　ずっとシャレードに言いたかったんだもん！　ずっと話しかけてたのに、ぜんぜん聞こえてないし！』

ふくれた顔で男の子は続けた。

「私に？」

『そうだよ～』

シャレードが聞くと、フィルと呼ばれた男の子は拗《す》ねたように言ってうなずいた。

なぜ彼の声が聞こえなかったのか。急に姿が見え、声が聞こえるようになったのはなぜか。そもそも彼はなんなのか。シャレードはしげしげと男の子を見つめた。

『シャレード。ラルサスはね、唯一にシャレードを選んだから、もう他の人と結婚できないんだよ。もちろんエッチもね～』

「そんな、うそ！」

『ほんと～！』

シャレードが目を見開き、口に手を当てた。

――多大な犠牲……

ラルサスの叔父だという、あの褐色の肌を持つ医者の言葉を思い出す。

「人生を犠牲にしているって、そういうことだったのですね……」

『そうだよ。ラルサスはシャレードがいないと、一人孤独に生涯を過ごすことになるんだよ。獄中かもしれないしさ～、かわいそうだと思わない？』

「私の生き方を勝手に決めるな！　それに獄中は言いすぎだ！」

『だって、その可能性だってあるじゃん！　人生を犠牲にしてるって言い得て妙だね。ラルサスは自分の人生を捨ててもいいからってシャレードを助けたんだよ。しかも、運命の人に憎まれる覚悟で』

その話を聞いて、シャレードは胸が苦しくなった。

ラルサスはそこまでの犠牲を払いながら、なにも言わず去るつもりだったのだ。彼女は目を潤ませる。

「ラルサス様……、どうして……？」

彼女の問いかけにラルサスは一瞬目を伏せた。そして、視線を上げると、いつもの熱い瞳でシャレードを見る。

「それはあなたを愛しているからです」

「……っ！」

シャレードは胸が詰まった。これほどまでの無償の愛を示されて、感情が大きく揺れ動く。

ツーっと涙が頬を流れ落ちた。

「しつこいですね。すみません」

ラルサスは苦笑した。優しい指先でその涙を拭ってくれる。

シャレードは声が出せないまま、ゆるゆるとかぶりを振った。

ラルサスはようやく今までのことを説明してくれた。

「フィルの能力で、あなたが死病に侵されていると知ったのです。あぁ、そこにいるのがフィルです。私に付いている精霊なんです」

「精霊？」

『そうだよ～』

よろしくと言うようにフィルはシャレードに手を差し出した。

シャレードは人差し指を出して、フィルと握手する。

今まで存在さえ知らず、見ることもできなかった精霊に触れられるのを不思議に思う。

「フィルは癒しの精霊なのですが、それでもあなたの病気はフィルの加護でしか治せないとわかったのです。だから、あの強引な方法を取ってしまいました。あなたを失いたくなかったから。国に禁じられているので、事情を説明できなくて、すみませんでした」

あの方法と言われて、シャレードは頬を赤らめた。

二人はそのときのことをそれぞれに思い出した。

どんなに甘く抱き合い、繋がり、蕩《とろ》けていたのかを。

ラルサスはそのときと同じ甘く熱い瞳でシャレードを見た。

シャレードもじっと彼を見返した。

彼女はもう一度、ラルサスに手を差し伸べてもらいたかった。

そうしたら、今度は素直にその手を取れると思ったから。

しかし、ラルサスの言葉は違った。

「……でも、それも、私がやりたくて勝手にやったことです。それによって、私になにがあろうと、あなたが責任を感じることはありません」

彼がシャレードの負担にならないように気づかって言ってくれたのはわかった。しかし、ラルサスが告げた言葉は、ある意味、シャレードを突き放すようなもので、彼女は軽い落胆を覚えた。

(私が悪いんだわ。ずっとラルサス様を拒否し続けていたもの……)

気を取り直して、シャレードは自分の気持ちを告げようとした。

期待して待っているのではなく、今度は自分から動こうと思ったのだ。

「ラルサス様、私は事情を知りたかったです。話せるところだけでも。そうしたら、私は……」

「同情して、私の手を取ってくれましたか？」

「違います！」

「同情してもらいたいわけでも、あなたを困らせたいわけでもない。どうぞ、私のことはお気になさらず……」

わかっているというようにラルサスは話を打ち切ろうとした。

「私は……」

終わったことのように話す彼にどうしたら伝わるのかとシャレードは口ごもった。それをラルサスは誤解したようだ。

「やはり困らせてしまいましたね」

「そんなことありません」

シャレードは否定したのに、ラルサスは小さく息を吐いて、苦い笑みを浮かべた。

話は終わりだとばかりに、シャレードを支えていた手を離し、血まみれのドレスを隠すように上着を着せかけてくれる。

そして、離れたところで二人の様子を窺《うかが》っていた衛兵に「彼女はかすり傷だ。問題ない」と言い、カルロを連行していくように合図した。

「なっ、バカな！」

彼らに拘束されていたカルロが目を見開き、わめいたが、衛兵がそれを意に介する様子はない。

彼らは、ラルサスの言うようにシャレードが普通に立っている姿を見て納得し、カルロを引っ張っていった。

それを目で追ったあと、ラルサスはシャレードに向き直り、別れの言葉を口にした。

「最後にこんな形でもお会いできてよかった。シャレード、お元気で」

「ラルサス様！」

シャレードはその言葉に、思わず、彼の袖を掴んだ。

彼女はラルサスへの想いをようやく認めたばかりで、自分がどうしたいのか、わかっていなかった。だが、このまま彼を行かせたくなかった。

(まだ私は伝えてないわ！)

「シャレード？」

驚いたラルサスが彼女の瞳を見つめる。

想いがあふれて潤んだ瞳でシャレードは彼を見上げた。

感情が暴れすぎて、それに慣れていない彼女はなにをどう言っていいのかわからなかった。

黙った二人は見つめ合う。

『あぁ～、もうっ、じれったいな～！』

その様子に痺《しび》れを切らして、フィルがわめいた。

『ラルサス、シャレードがなんで僕を見えるようになったのか考えてみてよ！　精霊付きの伴侶はふつう相手の精霊が見えるでしょ？』

フィルの問いに、話が見えずに首を傾げつつ、ラルサスが答えた。

「そうだな。母上もエランザが見える」

母も父王の精霊を見ることができ、よく会話している。

ラルサスはそれがなんだと、先を促した。

『でも、シャレードはさっきまで見えてなかった。なんでだと思う？』

「それは心が通じてないから……」

ラルサスは暗い顔で即答した。

予想通りの答えにフィルがニヤニヤして言った。

『じゃあ、見えるようになったのはなんでだろうね？』

彼の言わんとしていることがわかって、ラルサスがバッとシャレードを見た。

精霊に自分の気持ちをばらされて、彼女は恥ずかしそうに頬を染めた。

「シャレード？」

期待と疑いの半々な気持ちを瞳に宿し、ラルサスは彼女に問いかけてきた。

『シャレード、さっきの気持ちを言ってあげなよ～』

フィルに後押しされて、シャレードは口を開いた。

「私は……あなたを……ぁぃして……」

小さな声でつぶやいたシャレードの頬を引き寄せ、その顔をラルサスが覗き込んだ。

その必死な目に、シャレードはますます赤くなって目を伏せた。

「シャレード、もう一度言ってください。お願いだから……」

ラルサスの懇願に、シャレードはぎゅっと目をつぶった。

（いつもの冷静な私はどこに行ってしまったの？　感情のコントロールには自信があったのに）

こんな自分は知らないと、初めての感情に戸惑い、うろたえた。

そろそろと目を開けると、飛び込んできたのはラルサスの端正な顔で、その翠《みどり》の瞳が狂おしいほどにシャレードを見つめている。

ずっとこの人を、自分を唯一だと選んでくれた人を待たせていたことにシャレードは気づいた。

もう立場とか矜持《きょうじ》とか罪悪感とかはどうでもよくなった。

彼が待ち望んでいる言葉を言いたくなった。

シャレードは勇気を振り絞って言った。

「ラルサス様……愛しています」

その言葉にラルサスはまじまじと彼女を見たあと、ぱぁっと顔を輝かせた。

それはまるで雲間からまばゆい光が射し込んだかのようだった。

彼は思い切りシャレードを抱きしめた。

「シャレード、本当に？」

それでも信じられないというように彼女の顔をまた覗き込む。

こくんとうなずいたシャレードに、ラルサスが幸せそうに笑った。

「シャレード、キスしても……いいですか？」

恐る恐るラルサスが聞いてきて、シャレードはかぶりを振る。

「そうですよね。図々しいですね」

がっかりする彼に、慌ててシャレードがささやき声で弁解した。

「だって、ここは人目がありますから……」

「人目がなければいいのですか!?」

ラルサスが被せ気味に尋ねてきて、シャレードは赤くなりながらうなずいた。

喜びに舞い上がったラルサスは彼女を抱きしめる腕に力を込め、頬を寄せてくる。

「あぁ、シャレード、愛しています。こんな幸せなことがあるのか……」

シャレードも愛し愛されるという幸福感に浸った。

初めて意識して彼の背中に手を回す。

(もう離れられない、この人から)

一度解放してしまった想いは自分でも驚くぐらい激しくて、制御できなかった。

二人はしばらく物も言わず、抱き合っていた。

「……シャレード、私の屋敷に来てくれませんか？　これからのことをゆっくり話したい」

かすれた声でラルサスがシャレードの耳もとでささやいた。

彼女は喜んでうなずく。

「はい。私もラルサス様のお話をいろいろ聞きたいです」

まだ、フィルと呼ばれている精霊のことも、どうすればラルサスが罪に問われないのかということも聞いてなかった。

顔をほころばせたラルサスが、自身の馬車へエスコートしてくれた。


ちゅっ……ちゅっ……ちゅっ……

馬車の中ではリップ音が響いていた。

ラルサスは馬車に乗り込むやいなや、シャレードを膝に乗せて、キスをした。

二人はすでに身体を重ねていたが、彼女が拒否していたのでキスするのは初めてだった。

触れた唇は、その翠《みどり》の瞳と同じぐらい熱くて、シャレードの心の氷を溶かす。

(ラルサス様……)

二人は万感の想いを込めて、唇を押しつけ合った。

「ようやく……夢みたいだ……」

彼女の両頬に手を添えていたラルサスは、一瞬唇を離してシャレードを見つめ、つぶやくとまた唇を合わせる。

するともう止まらず、ラルサスは角度を変え、何度もシャレードにキスを落とした。

シャレードも一生懸命にそれに応える。

彼の熱情が伝わってきて、全身が熱を帯びてきた。

『ラルサス～、キスしすぎ～！』

あきれたフィルがとうとう制止した。

我に返ったシャレードは、真っ赤になって目を潤ませる。

それに気づくと、ラルサスはもう一度キスをして、困ったように笑った。

「すみません。本当に現実かどうか確かめたくて……」

翠《みどり》の瞳が揺れて、ラルサスが頼りなげな表情になった。彼のこんな表情はめずらしい。

（私が何度も拒否したせいね……）

シャレードは申し訳なく思って、彼の頬に手を伸ばし、自分に引き寄せた。

彼の美しい瞳を見つめながら言う。

「ラルサス様、愛しています」

安心させるために告げたつもりだったのに、ラルサスの瞳が潤み、またキスが止まらなくなった。

「シャレード……愛してます……心から……愛しています……シャレード……」

キスの合間に愛の言葉まで降ってきて、シャレードはますます顔を赤くした。

『ダメだ、こりゃ』

肩をすくめたフィルだったが、ふいにいたずらっぽい顔になった。

『ねぇねぇ～、ラブラブになった二人に朗報だよ～』

「なんだ？」

シャレードの唇からしぶしぶ離れてラルサスが問うと、フィルが二人の間に飛んできた。

『そのシャレードの胸の傷だけど、僕が中に入ったら治せるんだよね～』

フィルの言う通り、シャレードの胸には傷はふさがっているものの、ナイフで刺された痕がくっきりついていて、痛々しい様がドレスの破れ目から見えていた。

「フィル、このタイミングで言わないでくれ！」

その言葉を聞いたラルサスは額に手を当てた。指の間から見える顔が赤い。

シャレードは意味がわからず、首を傾げる。

「どういうことですか？」

『うんとね。そこそこの怪我だったら、僕もラルサスが触れれば治せるんだけど、深い傷は……』

「フィル、言うな！」

慌てたようにラルサスがフィルを捕まえて止めようとした。

でも、フィルはにやにやと笑いながら、その手を躱《かわ》し、飛び回る。

『えー、女の子の胸にあんな傷を残しちゃうの～？　かわいそうに～』

「治すにしても、今じゃなくていいだろう！」

『だって、傷痕は時間が経つほど治しにくくなるし～』

「そうだとしても！」

『シャレードだって、傷がついたままは嫌だと思うよ』

「だが……！」

二人だけでわかっているように話す様子に、シャレードはラルサスの袖を引いた。

「私にも教えてください」

もう蚊帳《かや》の外にいるのは嫌だったのだ。

じっと恋焦がれてきた瞳に見つめられてはラルサスも逆らうことができない。彼は耳朶《じだ》を染めながら答えた。

「フィルはあの方法なら治せると言っているんです」

言葉の意味を理解して、シャレードも白い頬を染める。

ぽっと赤く染まった頬がかわいらしいと言って、ラルサスはまた唇を寄せてきた。

そんな彼にシャレードはポロリと本音を漏らした。

「……私は治してほしいです」

「え？」

その言葉にラルサスは耳を疑う。

確かめるように見られて、シャレードはよりいっそう赤くなった。それでも、もう自分の気持ちを偽ることをやめようと思い、小さな声で続けた。

「あのときのやり直しを……したい、です……」

真っ赤になったシャレードは、彼の胸に顔をうずめた。

「シャレード！」

ラルサスは彼女をギュッと抱きしめ、恥ずかしがる顔にチュッチュッとキスを落とした。

「……そんなことを言うと、帰せなくなりますよ？」

ラルサスは最後の警告をしてくれた。でも、心を決めたシャレードは彼の目を見て、はっきりとうなずく。

激情が抑えきれなくなったラルサスは、彼女に深いキスをした。

先ほどまでは触れるだけのキスだったのに、突然強く吸われ、シャレードは息が苦しくて、唇を開いた。すると、舌が入り込んできて、びっくりする。こんなキスがあるとは知らなかったのだ。

ラルサスの舌が彼女の口内を探り、なで回し、舌をすり合わせる。

（……気持ちいい）

初めての行為だったにもかかわらず、それは彼女にあのときの行為を思い出させ、官能を呼び起こした。

舌を絡められ、吸われ、頭が彼でいっぱいになる。

ちゅく、ちゅく……じゅっ……はぁ……ちゅっ……ちゅく……

馬車内を今度は湿った水音と悩ましい息づかいが響きわたる。

キスだけなのに、シャレードは蕩《とろ》けていった。

屋敷に着くと、とろんとしたシャレードはラルサスに抱き上げられ、そのまま寝室に連れていかれた。

その途中でラルサスはフォルタス公爵家に使いを遣るのも忘れなかった。

もう今日は彼女を帰すつもりはなかったからだ。

『はぁ、やれやれ』

ようやく片づいたとばかりに、フィルはそんな二人を楽しげに見送った。


ラルサスはシャレードをベッドに下ろし、上着を取ると、自分もそこに乗り上げた。

ぎしっとベッドが揺れ、シャレードは彼を仰ぎ見た。

熱を帯びたラルサスの瞳が彼女の様子を窺《うかが》っていた。少しでも嫌がるそぶりはないかと。

シャレードは微笑み、彼女のことだけをひたすら考えてくれる優しい人の首もとに腕を回した。

二人の顔が近づき、お互いの熱い息を感じる。

(愛しい……)

二人は同時にそう思った。

シャレードの意思表示に、ラルサスは微笑んだ。

甘やかに頬をなでられ、シャレードも彼への想いが募る。

二人は引き寄せられるように唇を合わせた。

深く口づけながら、ラルサスはシャレードの髪に手を這《は》わせ、ピンを抜き、まとめ髪を解いていった。

口を離し、手で髪を梳《す》くと、シーツの上に美しい銀色の光が広がった。

あのときと同じ光景だった。

しかし、心が通っていなかったときとはシャレードの瞳は全然違う。

凍えるような冷たいまなざしだったのが、今は愛情に満ち、うっとりとラルサスを見上げている。

彼が感極まったように身体を震わせた。

ラルサスはシャレードの髪を手で梳《す》きながらつぶやく。

「キラキラと輝く銀色の髪。きめ細かな白い肌。花で染めたかのように可憐な唇。透き通った湖の水面のように美しい瞳。初めて会ったときから、私はあなたにとらわれてやみません」

言葉とともに、頬をなでられ、唇を指で辿られ、熱い瞳で顔を覗かれる。

彼の賛美にシャレードは頬を赤らめた。でも、つい試すようなことを言ってしまう。

「あなたが私に惹かれたのは外見だけですか？」

(私はなにを言っているのかしら？)

口に出してしまってから、恥ずかしくなって、目を逸らした。

「まさか！　そんなことはありません！」

驚いて叫んだラルサスは、彼女の頬を手で挟み、自分のほうに向き直らせる。その瞳は真摯なものので、シャレードの目が吸い寄せられた。

「あなたの聡明なところも、我慢強いところも、心優しいところも、好奇心旺盛なところも、弱いところも、すべて愛してます。あなたの存在すべてが愛おしい」

全肯定されて、シャレードは心の底から温まる思いがした。

心を覆っていた氷が溶けて、この人にはすべてをさらけ出していいのだと教えてくれる。

「ラルサス様、私もあなたのすべてを愛しています！」

精霊とかヴァルデ王国の思惑とか、まだわからないことが多かったが、それでも彼のことが心から愛しかった。

めずらしく情熱的なシャレードの言葉に、ラルサスは目を瞠《みは》って、次の瞬間、それ以上に熱いキスを落とした。

何度も何度も繰り返されるキスに、シャレードの思考が霞んでくる。

彼のキスは想いのこもったもので、手は宝物に触れるように繊細でうやうやしく彼女の髪や身体を辿った。

(あのときも同じだったわ。ラルサス様は優しかった……)

何度も愛していると言ってくれていたが、シャレードは完全には信じられていなかった。

そのときからラルサスはこんなに自分を愛してくれていたのだと実感すると、歓喜が湧き起こる。

彼に触れられるのは心地よく、早く彼を深くまで感じたいと思った。

ラルサスがドレスを脱がせていく。

血まみれのドレスに眉を寄せ、あらわになったデコルテの傷を、痛ましげに唇で確かめるように辿る。

彼はぺろりと血を舐め取った。

彼女のことにいちいち心を痛めてくれているラルサスが愛おしくて、シャレードは胸の上の彼の頭をなでた。

ピンクパール色の髪を梳《す》くようにして、その手触りを楽しんでいると、ラルサスが目を細めた。

二人の目が合い、また唇を合わせる。

幸せだった。

ラルサスに下着を剥ぎ取られて、シャレードの身体は恥ずかしさでピンク色に染まった。

一糸まとわぬ姿のシャレードを眺めると、ラルサスは感動してつぶやいた。

「シャレード、綺麗だ……」

またもあのときと同じ言葉だった。

今回はさらに愛の言葉が追加された。

「シャレード、愛しています。いくら言っても言い足りないほど、愛しくてたまらない……」

「私もです。ラルサス様。あなたを愛しています」

もう一度、唇が合った。

ラルサスはシャレードの優美な身体のラインを辿るようになで、愛撫を始める。

胸をやわやわと揉まれ、その先端を口に含まれると、シャレードは甘い声を漏らした。

彼女は、ラルサスが自分の胸を吸っているのを見るのが恥ずかしくて仕方なかった。

頬を染めて、彼を見ていると、チラッと上目づかいにシャレードを見たラルサスと目が合って、彼がふっと微笑んだ。

カリッと甘く歯を立てられ、見せつけるように反対側の尖りを指で摘まんで、引っ張られる。そこをコリコリと擦られると下腹部が疼《うず》いて、シャレードは身をくねらせた。

とろりと蜜が滴《したた》ったのがわかって、彼女はますます恥ずかしくなる。

「ラルサス様も脱いでください」

自分ばかり恥ずかしい姿をさらしていることに気づいたシャレードが拗《す》ねたように言った。

めずらしい彼女の表情にラルサスは一瞬、目を丸くして、また甘やかに微笑む。

「仰せのままに」

ラルサスはさっさと服を脱いで、ベッドの外へ放った。

引き締まったたくましい身体が見える。

シャレードはハッと息を呑んだ。

自分とは違う褐色の肌、広い肩幅、割れた腹筋。

ほどよく筋肉がついたしなやかな身体に肉体美を感じる。

前回は媚薬で朦朧《もうろう》としていて、自分の快楽を追うばかりになっていた。ここまで彼の身体を見ていなかったのだ。

ラルサスは服を脱ぐ間も、シャレードから目を離さなかった。流し見る目つきが色っぽく、シャレードはゾクリと身を震わせた。

そして、ラルサスが下穿きを脱ぐと、腹につくほどの雄々しいものが立ち上がっていて、シャレードは思わずそれを凝視してしまった。

一度、自分の身体に受け入れたはずのものだが、こんなに大きいのかと驚いたのだ。

ピクリと下腹部が反応する。早く欲しいというかのように。

シャレードの視線を追ったラルサスは照れくさそうに髪を掻き上げた。

「まだ挿れませんから、安心してください。あなたをしっかり解かしてからにします」

考えが読まれていたことに、シャレードは真っ赤になって、手で顔を覆った。

ラルサスはそんなかわいらしいシャレードの手をそっと掴んで、顔から外し、手のひらにキスを落とす。

手のひらから腕、肩と口づけが上がってくる。

彼の唇が触れたところがジンと甘く痺《しび》れるような心地がして、シャレードは吐息を漏らした。

鎖骨を通って首筋に到達したラルサスの口づけは、耳の後ろと肩の間を何度も往復する。

それだけでもくすぐったいような快感が高まるのに、彼の手がシャレードの銀色の下生えを探ってきた。

「あんっ」

ラルサスの指が繁みの中に隠れていた花芽に触れると、腰が浮くような快い刺激が走り、シャレードは声をあげた。

彼の唇はシャレードの胸まで下りてきて、また頂上の尖りを食み、彼の指は花芽に蜜を塗りたくるように優しくなでる。

「あ……あ……んぅ……」

シャレードは気持ちよくてたまらず腰を揺らした。

それはまだ触れられていない一番疼《うず》く場所を触ってほしいと催促しているようなしぐさだった。

切なく疼《うず》いている場所はたらたらと蜜をこぼし、ラルサスを待ち望んでいる。

それなのに、彼はなかなかそこを触ってくれない。

ラルサスがたっぷり胸と花芽を愛撫するので、どちらもぷっくりと立ち上がって、さらに敏感に快楽を拾うようになる。

シャレードはあられもない声を止められず、恥ずかしくてまた顔を覆った。

でも、そのたびにラルサスが「かわいいから見せてください」と、彼女の手を外してしまう。

彼が自分を愛撫するのをつぶさに見てしまって、興奮が募る。興奮が快楽を増幅させる。

とうとうシャレードの身体は膨らんだ快感を解放した。

「ん、あ、ああーーっ」

まだ蜜口に触られてさえいないのに、彼女は背を反らせて達してしまった。

快感の渦が頭と身体の中で暴れているようだ。

シーツに沈み込んだシャレードは荒い息を繰り返す。

ラルサスは彼女の髪を愛しげになでた。

そして、髪をなで下ろした手はシャレードの肩から腰を辿り、内ももをさする。

期待に身を震わせたシャレードはラルサスを見上げた。

媚薬に侵されているわけではないのに、彼に触れてほしい、彼と一つになりたいという欲求が彼女を突き動かし、シャレードはラルサスの首に腕を絡め、身体を彼の手に擦りつけた。

触ってほしいのはここだというように。

彼女の意図を察して、ラルサスはふっと微笑んだ。

額にキスを落としてから、ようやく彼の指が入ってくる。

「あぁ……」

待ち望んでいた刺激に、シャレードは満足そうな吐息をついた。

彼の指が膣壁を擦り、ぞわぞわとした快感が下半身を痺《しび》れさせる。

浅いところを曲げた指でとんとん叩かれて、頭に響く快楽に襲われる。

自分からねだったくせに、今度は快感が過剰で、シャレードはそれを逃がそうと、ラルサスに絡めていた腕を解いて、シーツを握りしめた。

気持ちよくて、思考が溶けていく。

でも、快感は十分すぎるはずなのに、まだ彼が足りない。身体の奥が疼《うず》く。

訴えるようにシャレードが腰を動かすと、ラルサスが指を増やした。

中を擦ったり広げたりして、指がうごめく。

それに応えるように、シャレードの中もうねって、彼の指を優しく締めつけた。

(気持ち、いい……)

指に夢中になっていると、いきなり花芽がぺろりと舐められた。

「ああっ！」

いつの間にか、ラルサスの顔が自分の脚の間にあって、その中心を舐めている。

「あっ、だめっ、そんなところ、汚いです……」

慌てて彼の頭を押しやろうとするが、花芽を舌で左右に舐められると湧き上がる快感のせいで力が入らず、シャレードは首を振った。

「あなたのどこにも汚いところなんてありません」

ラルサスは断言し、執拗《しつよう》にそこを舐めた。

恥ずかしいのと気持ちいいのとで、脳が沸騰しそうになる。

中も外も愛撫され、シャレードはたまらず腰を跳ねさせた。

快楽が過ぎて、逃げようとするが、ラルサスにがっしりと腰を持たれて逃げられない。彼女の身体を快感が突き抜けた。

「あああっ」

足先がピンと伸びて、ビクビクと身体が痙攣《けいれん》する。

どくどくどくと鼓動が速まった。

先ほどよりも長い時間シャレードは快感に揺さぶられた。

達したシャレードを楽しげに眺めると、ラルサスは指をバラバラに動かした。

「あ、いま、中……まだ……あぁんっ……」

うねる膣道をラルサスの指がくちゅくちゅと音を立てながら行き来する。

その間も花芽を舌で弄られ続け、快感が止まらない。

イったばかりだというのに、シャレードはすぐに高められてしまって、背中を反らした。

「あ、あっ、ラルサス様っ、また、ああんっ、ああーーーっ！」

連続してイってしまって、はぁはぁと荒い息をつく。

その髪をなで、ラルサスは聞いた。

「シャレード、そろそろいいですか？　私も限界だ……」

視線を上げると、彼の屹立ははちきれそうに血管が浮いて、苦しそうだった。

欲に浮かされたラルサスの顔は色気にあふれ、期待からシャレードの身体がびくりと反応する。

「ラルサス様、来て……」

そう言ってシャレードが抱きつくと、ラルサスはうれしそうに彼女に口づけた。そして、その脚を広げ、自分の熱棒を彼女の間に擦りあてる。

蜜をまとわすように擦られるだけで気持ちよくて、シャレードは嬌声をあげた。

とうとう彼のものが中に入ってくる。

指とは比べものにならない質量のものに中が押し広げられていき、シャレードは抱きつく腕に力を入れた。

「痛いですか？」

途中で止まって、気づかわしげに言ったラルサスに、シャレードはかぶりを振った。

「いいえ、気持ちいいです。ラルサス様を感じられて、うれしい……」

その瞬間、ラルサスのものが大きくなるのを感じ、シャレードは目を見開いた。

ぐいっと奥まで彼が入ってきて、ぴったりと二人は重なる。

シャレードはとても満ち足りた気分になった。欠けていた部分が埋まった気がして、こんな充足感を覚えるのは初めてだった。

「ラルサス様……好き……」

思わず彼女が漏らした言葉に、ラルサスは余裕をかなぐり捨てて夢中でキスをしてきた。

「私もです。シャレード、愛してる！」

上も下もこれ以上ないほど繋がって、二人は幸福感に浸った。

舌を絡め、互いに腰を擦りつける。

目もくらむような快感が押し寄せた。

だんだんラルサスが抽送を大きく激しくしていく。

シャレードはそれを受け入れるだけで精いっぱいになった。

「あっ、あっ、ん、はぁ……ああっ……」

シャレードの甘い声が響く。

銀髪を振り乱して官能を伝えてくる。

「あっ、ラルサス様……私、へん……怖い……」

彼女は自分の乱れようが急に怖くなって、ラルサスに訴えた。

媚薬でもないのに、こんなに自分をコントロールできないことはなかったからだ。

ラルサスは腰を動かしながら、彼女の髪にキスを落とし、なだめた。

揺さぶられながら蕩《とろ》けた顔を見せるシャレードは、ラルサスの目にとてつもなくかわいらしく映った。

「大丈夫です、シャレード。誰にも見せない顔を私だけに見せてください」

「ラル……サス、様に、だけ？」

「そう、私だけに」

思考が蕩《とろ》けた状態でも、彼にだけならいいと腑に落ちて、シャレードはにこりと微笑んだ。

それがまた愛おしくて、ラルサスは彼女にキスをしながら、彼女の深いところまで自身で何度も穿った。

「あーっ、んぅ、んんーーーっ！」

シャレードが達すると、ラルサスも自分を解放して、彼の熱を注ぎ込んだ。

ぎゅうぎゅうに締めつけてくる彼女に、放出がなかなか治まらない。

頭が痺《しび》れるほどの快感と幸福感に我を忘れたようなラルサスだったが、次の瞬間、冷静になって、フィルを呼んだ。

「フィル、フィル。シャレードの傷を治してやってくれ」

『えらいなぁ。ちゃんと覚えてたんだ～』

現れたフィルがからかうように言うから、ラルサスは取り繕った。

「当たり前だ。そもそも治療のために始めたんじゃないか」

フィルはラルサスの精を媒介にシャレードの中に入っていき、胸の傷を中から治していった。

ラルサスが見守っている間に、シャレードの胸の傷は消え、もとの真っ白い綺麗な肌が現れた。

繋がりをほどいたラルサスは安堵して微笑んだ。

「シャレード、綺麗に治りましたよ」

息を整えていたシャレードはちらりと胸を見て、彼を見上げた。

彼女の中に不満が湧き上がった。

そんなシャレードの様子を見て取り、ラルサスは焦って、問いかける。

「シャレード、どうかしましたか?」

彼女は、いじけた声を出した。

「ラルサス様は冷静なんですね……」

「え?」

シャレードは胸の傷のことなどとうに忘れていた。

ただ愛し合ったという気になっていた彼女は、ラルサスが治療行為だと思っていたことに少しショックを受けていた。

そんな感情の動きも拗《す》ねた態度も、普段のシャレードなら絶対に見せないものだった。ラルサスにならら見せてもいいと無意識に甘えていたのだ。

でも、なにを言われているかわからないラルサスは慌てた。

「シャレード、どういうことですか？　なにかお気に触ることをしてしまいましたか？」

「いいえ、なんでもありません。変なことを言ってしまって、申し訳ありません」

心配そうにするラルサスに、くだらないことを言ってしまったとシャレードは反省して、首を振った。

(バカね。ラルサス様に甘えすぎだわ)

心を整えて、シャレードは静かに微笑んだ。

いつものように感情を隠して、湖の水面のようになってしまったシャレードの瞳をラルサスが覗き込む。彼女がなにか気がかりなことがあるのなら放っておきたくないと思ったのだ。

「シャレード、ちゃんと言ってください」

「ごめんなさい。本当になんでもないのです」

またもやこじれそうな二人を、やれやれとフィルが諭した。

『せっかく想いが通じたんだから、仲よくしてよ～』

フィルの言葉に、シャレードの瞳が揺れた。

彼女は自分の口にしたことが恥ずかしかった。

普段の彼女なら、決して口にしないことだった。

(フィルの言う通りだわ。なにくだらないことを気にしているのかしら、私は。ラルサス様が愛してくれているのには間違いないのに)

ラルサスに抱きついて、ごめんなさいとつぶやいた。

彼女の背中をなでながら、ラルサスはもう一度、「シャレード、お願いだから言って?」と懇願した。

「ごめんなさい。本当にバカなことを言ってしまっただけなんです」

「それでも、あなたがなにを思って言ったのか、私は知りたい。先ほども言いましたが、私だけにはあなたのすべてを見せてほしいのです」

そう言われて、シャレードは彼の胸に顔をうずめ、つぶやいた。

「……私が愛を交わしたと思っていた行為が、あなたにとっては治療行為だったんだなって……思ってしまって……」

「シャレード、違う! 違います! そんなわけないでしょう!」

そう取られたとは思いもしなかったラルサスは目を見開いて、全力で否定する。

「私もまぎれもなく愛を確かめ合ったと思っていますよ! 治療は最後にぎりぎり思い出しただけです! あなたの肌に傷が残るのは嫌なので」

あくまでもシャレードのことを思いやってくれているラルサスの言葉に、ますます彼女は自分を恥じた。

本当にバカなことを言ったと思う。

ラルサスに対してだけは、思いもよらない感情に振り回されるシャレードだった。

「申し訳ありません。疑うようなことを言ってしまって……」

「本当にそうですね」

ラルサスが溜め息をついて、恐縮して縮こまる彼女を見た。その様子にシャレードはますます居たたまれなくなって、目を伏せた。

その髪にキスをして、彼のほうも拗《す》ねた声を出す。

「こんなに愛してるのに、まだ私の愛を疑うなら、疑う余地もなく、思い知らせてあげましょうか？」

「え？」

「まだまだ愛を確かめ合いましょう。今日は帰さないと言ったでしょ？」

「えぇ……？」

にこやかに笑ったラルサスは、シャレードの脚を開き、一気に挿入した。

「ああんっ」

自らの愛液と彼の精液とで潤っていた彼女の中は、難なくそれを受け入れる。それどころか、いいところをあまねく擦られて、快感に下半身が痺《しび》れる。

ラルサスは喘いだ彼女を抱きしめたまま、身を起こした。

シャレードは、ラルサスに跨《また》がって座るような体勢になる。

受け入れたままだった彼のものを深くまで感じてしまって、シャレードは甘くうめいた。

ラルサスがシャレードの背中をなでながら、その耳穴を舐るとキュッと膣が締まった。

「ここもお好きなのですか？」

ラルサスが笑うと、その吐息が耳にかかって、それだけでシャレードは感じてしまう。

首を振って逃げようとするが、ラルサスは彼女の後頭部を掴み固定すると、耳から首筋に舌を這《は》わせた。

「あ……ぅん……あん……」

何度もイったばかりで、なにをされても感じてしまうほど敏感になったシャレードの様子に、ラルサスはうれしそうに笑う。

向かい合ったこの体勢は、お互いの反応がよくわかった。

繋がったまま肩に歯を立てられ、胸を揉まれると、シャレードは自分が彼を締めつけているのを感じた。

「かわいいですね。ピクピクしてる」

「やあ……ん……」

彼に抱きつき、シャレードは甘い声をあげる。

ラルサスは「愛しい」とつぶやき、彼女の顔中にキスを落とした。

キスはまただんだん下がっていき、鎖骨を通り、胸へと到達した。

色づいた果実を口に含むと、「あぁ……」とシャレードが甘い吐息を漏らす。

ラルサスはそこに吸いついたり、舌で転がしたりしながら、腰をゆっくり動かした。

ぬちぬちと湿った音が響く。

シャレードはラルサスの肩を掴み、背を反らした。その姿はまるで胸を突き出し、もっととねだっているようだった。舌で弄られていないほうの乳房にも彼の手が伸ばされ、捏《こ》ねるように愛撫されると、シャレードが声をあげた。

「あぁっ、だめ……、あんっ、あああ………」

腰の動きを速めていったラルサスは、そのうち両手でシャレードの腰を持ち、ガンガン突き上げた。

「あっ、あっ、あっ、やっ、やあ、あああ～～～っ」

シャレードが絶頂を迎え、ぎゅうぎゅうに彼のものを締め上げる。しかし、ラルサスは射精感をいなし、さらに奥へ奥へとねじ込むように深く突く。

「や、だめ、いま、あっ、あんっ、ああんっ……」

絶頂から下りてこられない彼女をギュッと抱きしめ、ラルサスはその耳もとでささやいた。

「……ハッ……シャレード、愛しています、ハァ……誰よりも愛しています、シャレード……」

身体の奥底を穿ちながら放たれたその言葉はシャレードに刻み込まれていく。彼女の身も心も歓喜に震えた。

＊――＊＊＊――＊

果ててぐったりしたシャレードの身体の向きを変え、ラルサスは後ろから彼女を抱きかかえた。

「えっ？」

終わったと思っていたシャレードは声をあげた。

ラルサスは笑って、その銀色の髪を横に流し、首筋を露出させる。そこに唇を落としていきながら、ささやいた。

「まだですよ、シャレード。私の愛はまだ伝えきれていません」

彼がついばむたびに、彼女の中がうねる。

そこはシャレードのいい匂いがして、鼻も擦りつける。

「ラルサス様⁉」

めずらしく焦ったようなシャレードに、ラルサスがまた笑うと、その息がかかって官能を覚えた彼女は身を震わせた。

ラルサスは唇をゆっくり首筋から背中に這《は》わせていく。それとともに、手は胸のほうへ回し、やわやわと揉む。

透き通るような白いなめらかな肌を手と唇で味わうと、シャレードが快感に身悶えた。

どこもかしこも敏感で淫らなシャレードを知っているのは自分だけだとラルサスは口角を上げる。

腰を彼女のお尻に擦りつけるように動かしはじめる。

「あ……ん。っはぁ、ん……」

かわいい声をあげ、シャレードは気持ちよさそうだ。

ラルサスは胸を揉んでいた片手を下のほうへ動かし、繋がっている上の小さな突起を弄り出した。

愛液でべとべとに濡れて、指で押すとにゅるんと逃げる。それを何度も繰り返す。

「ああっ、それだめっ！　ああんっ」

身体を跳ねさせるシャレードに、楽しそうに笑ってラルサスは取り合わない。

「どうしてですか？　こんなに気持ちよさそうなのに？」

彼女の中はビクビクと痙攣《けいれん》して、快感を伝えてくる。

被皮を押し上げ、花芽を露出させると、指先でなでたり摘まんだりした。

そのたびにシャレードの身体がひくつく。

「やぁぁ……へんに、なる……ああっ、ラルサス、さま……やぁぁ……」

「変になってください。もっと乱れた姿を私に見せて」

普段は冷静沈着なシャレードが自分をコントロールできなくなっている姿は格別で、ラルサスはいくらでも乱したくなった。

彼の愛撫に蜜がとろとろと接合部から垂れて、シーツを濡らす。

乳首と花芽を同時に摘ままれて、シャレードは背をラルサスに押しつけ、またイッた。

敏感になっているところに、ラルサスが本格的に抽送を始める。

「あっ、やめっ、いま、だめ、だめなの～～～！」

性感帯を三つも同時に攻められて、シャレードが絶頂してわななく。

彼女の顔を振り向かせると、ポロポロと涙を流しながら喘いでいた。いつもの澄ました表情とは打って変わって、少し幼い口調で蕩《とろ》け乱れている。

（こんな顔はほかの誰にも見せない）

ラルサスはシャレードに熱いキスを贈ると、その腰を持ち上げ、下から突き上げた。

「あぁっ、やっ、はぁっ、ああっ」

嬌声をあげながらシャレードは揺さぶられ、過剰な快感を逃そうと背を反らした。そこに覆いかぶさるようにして、ラルサスは彼女の耳もとでささやく。

「シャレード、愛してる……愛してる……」

甘いささやきと激しい抽挿でシャレードを心身ともに掻き回す。

思いの丈をすべて注ぎ込むように、何度も何度も。

「ああぁーーーッ！」

シャレードが盛大にイって、彼を締めつけると、ラルサスはようやく欲望を解放して、彼女の奥に熱をほとばしらせた。

彼女の身体を後ろから抱きかかえ、密着したまま、ハァハァと荒い息を整える。

このまま離れたくないと思ったラルサスだったが、シャレードが疲れて朦朧《もうろう》としているのに気づき、自身を引き抜くと、横たえた。

「すみません。大丈夫ですか？」

目を閉じかけていたシャレードはその言葉にふんわりと笑った。

その幸せそうな美しい笑みに胸を衝かれる。

「あなたは私をどれだけ惚れさせれば、気が済むんですか……」

これ以上はないというほど心を差し出しているのに、それでもまだ心を奪われる。

彼はその頭をなでて、「おやすみ、シャレード」と髪にキスをした。

彼女は安心したように目を閉じる。

そこにはもうなんの不安も疑いもなく、ラルサスへの信頼しかなかった。

愛しさが止まらない。

彼はシャレードの身を清めてやり、もう一度腕に囲って、自分も横になる。

そして、改めて彼女を手に入れられた喜びに浸った。

今日王宮に向かうまで、シャレードとは今生の別れだと思っていた。

国に戻ったら、情報漏洩の罪を認め、蟄居《ちっきょ》して過ごすことになるのだと覚悟していたのだ。

それが一転、こんなに幸せでいいのかと怖いぐらいだった。

被害者には悪いが、カルロの愚かな行いにすら感謝したい気になる。

『本当によかったね、ラルサス。運命の人と結ばれて』

フィルがしみじみと言った。彼はラルサスの感情に反応して、ぴかぴか光っている。こうした感情のほとばしりが、精霊であるフィルのエネルギー源だからだ。

「あぁ、本当に。ありがとう、フィル」

腕の中のシャレードを見つめ、ラルサスは幸せそうに顔をほころばせた。

＊――＊＊＊――＊

嫌というほどラルサスに愛を伝えられたシャレードは、いつの間にか意識を失っていた。

目覚めると朝だった。

まだ早朝のようで、部屋は薄暗く、ほのかな光が窓から射し込んでいる。

ラルサスの屋敷に来たのは午後の早いうちだったはずなのに、とシャレードは驚いた。

彼女は温かい腕に囲われており、視線を上げると翠《みどり》の瞳と目が合った。

ラルサスは自分の幸運が信じられずにあまり眠れず、ずっと彼女を眺めていたのだ。

やわらかな笑みを浮かべたラルサスに甘やかに頬をなでられて、昨日の嬌態を思い出したシャレードは赤くなった。

「おはようございます」

当然のようにキスをして挨拶したラルサスに、シャレードは小さく「おはようございます……」と返した。

二人はなにも身につけていなかった。ラルサスがシャレードの腰の曲線をなぞり出したので、ぴくりと身体が反応した。彼女は身をよじって逃げようとしたが、ラルサスの腕に絡めとられてしまう。

「私の愛はまだ伝えきれていませんが？」

「もう充分伝わりました！　大丈夫です！」

シャレードが慌てて答えると、ふいに彼が真剣な目になって、彼女を覗き込んだ。

「あなたの心が揺れてしまうのは仕方がないにしても、私の愛は揺るぎませんので、疑う必要はないのですよ？」

そう言われて、シャレードは拗《す》ねた顔をする。そして、それに気づいて驚いた。彼女がこんなにも表情豊かになれるのはラルサスの前だけだった。

シャレードは水色の瞳で彼をじっと見つめ、言い返した。

「私だって、揺れているわけではありません。ちゃんとあなたを愛しています」

かわいらしいシャレードの反論に、ラルサスは破顔して、彼女に唇を押しつけた。

そして、キスだけでは治まらず、ぎゅっとシャレードを抱きしめる。

「この喜びを伝えるにはキスじゃ足りない。もう一度、愛を確かめたくなりました」

「もうダメです」

シャレードは腕を突っ張って、ラルサスから離れようとしたが、彼はくすくす笑いながらも彼女を離してくれず、ますます抱きしめる腕に力をいれて、頬をすり寄せた。

そんなラルサスに、シャレードも笑い出して、彼の背中に手を回した。

そうしてくっついているだけで、幸せだった。

しばらくイチャイチャしていたが、ラルサスが気づいて、シャレードを離した。

「シャレード、お腹が空いたでしょう。朝食にしましょうか」

ベッド脇にはいつの間に取り寄せたのか、シャレードの着替えが一式用意されていた。

ガウンを羽織ったラルサスがベルを鳴らすと、待機していたシャレードの侍女が入ってきて、身だしなみを整えてくれた。

彼女の白い肌に散った赤い痕を見ても、訓練された侍女は表情を動かさなかったが、シャレードは恥ずかしくてたまらなかった。

シャレードが着替えている間にラルサスが朝食の手配をした。彼女の準備が終わると、料理のプレートが運ばれてきた。

二人で並んで食事をとる。

「あ、味つけがヴァルデ風かもしれません。大丈夫ですか？」

ラルサスの言う通りスパイシーな味つけだったが、シャレードは興味深く食べた。

「はい、とても美味しいです」

「よかった。これからそれが日常になるので」

「日常？」

ふと付け加えられたラルサスの言葉にシャレードは首を傾げた。それを見て、ラルサスは慌てて尋ねた。

「もしかして、私のプロポーズを受けてくださったわけではないのですか？」

ラルサスと結婚するのならば、当然彼の国に行くことになる。

「あ……」

そこまで考えが至っていなかったシャレードは固まった。

（王太子の婚約者だった私がラルサス様と結婚……できるのかしら？）

貴族の結婚となると、当然家長や国の許可が必要だ。ましてや他国の王子との結婚ともなると、シャレードの意志でどうにかなるものでもなかった。

そんな彼女の前に、ラルサスは跪《ひざまず》き、手を取った。

「シャレード、愛しています。私と結婚してください」

「本当に私でいいのですか？」

「私はあなたがいいのです」

熱い瞳がシャレードを見つめる。

シャレードだって、できることならラルサスと結婚したかったが、それでも軽くはうなずけなかった。

「私があなたに嫁いだら、あなたは罰せられないのですよね？」

「それはそうですが、私はそんなことを判断材料にしてほしくありません」

「お父様や陛下にお許しいただけるかしら……。そもそも、ヴァルデの国王陛下は私でよろしいのでしょうか？」

「ファンダルシア王国側は私が説得します。父はむしろ、あなたを連れて帰ってこいと言っています。でもそんなことより、私はあなたの意志が知りたい」

真摯な瞳が、急に臆病になってしまったシャレードの逃げ道をふさぐ。

揺れていたシャレードの瞳が定まり、ひたむきにラルサスを見つめた。

「私は……私はあなたのそばで、あなたと生涯をともに過ごしたいです」

「シャレード！」

自分の意志は二の次にしがちであったシャレードだったが、ようやく自分の望みを口にすることができた。

感動したラルサスにきつく抱きしめられて、シャレードは目を潤ませる。

(今まで自分の意志を持たないで、陛下のため、カルロ様のため、お父様のためと思って生きてきたけど、もうやめるわ。私は自分の意志でラルサス様と一生を添い遂げるのよ)

父に反対されても、説得しようと心に決めた。

万が一説得できなかったとしても、ラルサスだったら自分を攫っていってくれそうだ。

そう思ったら、笑いが込み上げてきた。身一つでいいのなら、なにもかも捨てて彼のもとへ行く覚悟があった。

「シャレード?」

急にくすくすと笑い出した彼女を不思議そうにラルサスが見る。

「なんでもないんです。ただ、幸せだなと思って」

微笑みながら彼女が答えると、ラルサスも破顔した。

「私も幸せです。怖いくらい」

そう言って、ちゅっちゅっとシャレードにキスをしはじめる。

『まだイチャイチャしてるの~?』

いつの間にか戻ってきていたフィルがあきれたようにつぶやいた。

シャレードはフィルを見て、まだ彼のことを詳しく説明してもらっていないことに気づいた。

「あなたと結婚したら、あの子のことも説明してもらえますか?」

「あぁ、フィルのことですか？　そういえば、説明がまだでしたね。フィルは私の精霊で……」

「私の？　ヴァルデ王国の方は皆、精霊が付いているのですか？」

「いいえ、そうではありません」

食事をとりながら、シャレードはヴァルデ王国の秘密の一端を教えてもらった。

精霊付きのこと。その性質。制約。秘匿されている理由など。

病気のことだけでなく、ラルサスが彼女の危機に何度も現れた理由がようやくわかった。

「フィル、私を助けてくれて、ありがとうございます」

『お礼ならラルサスに言いなよ～』

シャレードに礼を言われて、照れたフィルはラルサスの陰に隠れた。

今まで彼の存在を認識できる人間はラルサスや他の精霊付きだけだったから、他の人間に直接お礼を言われるのに慣れていないのだ。

それをかわいらしいと目を細め、シャレードはラルサスに目を向けた。

「改めて、ありがとうございます」

「私が好きでやったことですから」

真面目に頭を下げるシャレードに、ラルサスも照れた。

「それに真相を隠し続けて、あなたを悩ませてしまって、申し訳ありませんでした」

「国家機密ですもの。それは仕方がないというものです」

シャレードは首を振ったが、ラルサスはふっと暗い目をした。

「いいえ、私がもっと覚悟を決めて、早くに打ち明けていたら、あなたはあんなひどい目に遭うこともなかったかもしれない……」

「私は結果的によかったと思います。こうしてあなたと一緒にいられるようになったのですから」

彼の手を取って、シャレードはきっぱりと告げた。そして、微笑みかける。

ハッとしたラルサスはその手を額につけ、感謝するようなしぐさをした。

「そう言ってもらえると救われます」

しみじみとつぶやく。しばらくして、顔を上げた彼の表情はいつもの穏やかさを取り戻していた。

＊――＊＊＊――＊

食後、ラルサスはフォルタス公爵に先触れを出した。

シャレードは彼とともに公爵家へ戻った。

突然、結婚相手としてラルサスを連れてきたシャレードに、フォルタス公爵は驚いた。

しかも、その相手が廃太子絡みで暗躍していた張本人だったからなおさらだ。

「なるほど。それはまた急なお話ですね」

結婚の許可を求めるラルサスに、フォルタス公爵はあいまいにうなずいた。

彼は婚約者の座が空白になったシャレードを、どう活用しようか考えていたところだったからだ。

しかし、さすがの公爵も国外に嫁がせることは検討していなかった。

「ヴァルデ王国と繋がりができるのは貴公にとっても悪くない選択肢だと思います。今のこの国には、あなたが縁を作ってもそれほど有益になる家はないでしょう？」

実利的だと評されるフォルタス公爵を利益面で説得にかかろうとしたラルサスに、案の定、彼は興味を引かれた顔をした。

しかし、フォルタス公爵が返事をする前に、シャレードが口を挟んだ。

「お父様、私はラルサス様と結婚したいと思っております。それが許されないのであれば、修道院に入ります。すでに、その準備はできています」

きっぱりと告げる娘の様子にフォルタス公爵は驚いた。シャレードが自分に従う以外の言動をするとは考えていなかったのだ。

ラルサスも驚いていた。修道院なんて話は聞いていなかった。

「シャレード……」

彼女を案ずる目をしたラルサスに、大丈夫だと微笑みかけたあと、シャレードは父を見つめた。

「お父様、私は本気です」

その静かな水色の瞳は風のない湖の水面のように揺るぎなく、先ほどの言葉を必ず実行すると告げていた。

固い意志を示す娘の顔を見て、フォルタス公爵は思案した。ラルサスが言うように、今、勢いのあるヴァルデ王国の王家以上に益のある相手はいなかった。

しかも、当の本人がそれ以外は認めないのであれば、選択肢はない。

おもしろくないと思いながらも、彼はうなずいた。

「よろしいでしょう。しかし、陛下がなんとおっしゃるか……」

ファンダルシア王が公爵に異を唱えることなどあるわけがないので、ラルサスに対するちょっとした嫌がらせのような言葉だった。

しかし、ラルサスは余裕の表情で微笑んだ。

「そこはご安心ください。説得材料は山ほどありますゆえ」

彼も、この国の王をうなずかせるくらいはたやすいと思っていた。

カルロがいろいろやらかしてくれたおかげで、説得という名の脅迫はいくらでもできる。

ラルサスの自信を感じて、フォルタス公爵は苦笑した。

「それでは、あなたにお任せしましょう」

フォルタス公爵の言葉に、ラルサスとシャレードは頭を下げた。

そして、二人は顔を見合わせ、幸せそうに微笑んだ。


フォルタス公爵の許可を取ったあとのラルサスの行動は素早かった。

ファンダルシア王に圧をかけて、さまざまな手続きをすっ飛ばし、最小限の時間でシャレードとの結婚許可証を手に入れた。

あっという間に、二人の婚約は成立した。

第六章

カルロは王宮で刃傷沙汰《にんじょうざた》を起こした上、他国の王子に害をなそうとした咎《とが》で北の塔に幽閉されることになった。どうやら彼は犯罪組織のボスの意趣返しに使われたようだ。こっそりナイフを与えられ、蟄居《ちっきょ》させられていた部屋から出されたのだった。

ファンダルシア王国側は、これ以上王室の権威が失墜することを望んでおらず、ヴァルデ王国側もラルサスの治癒力のことを勘ぐられたくなかったため、両者の思惑が一致し、カルロの刃傷事件は秘められることになった。そのため、カルロの表向きの罪状は文書偽造である。

ラルサスはカルロの沙汰がぬるいと不満だったが、事件を秘める以上、それより厳しい罰を求めるわけにもいかず、納得するしかなかった。

カルロは取り調べの間中「シャレードは死んでたはずなのにおかしい」と主張していたようだった。

しかし、当の本人がピンピンしているし、衛兵も彼女がすぐ立ち上がって話していたことを証言していたので、ラルサスの「かすり傷だった」という言葉が信じられ、誰もカルロの言うことを取り合わなかった。日頃の行いのせいで、信用がなさすぎた。

ひそかに尋問内容を取り寄せたラルサスは、自分の治癒能力に気づかれていないことに安堵した。

北の塔は貴人用の牢獄のようなもので、食事の配膳以外は、神父しか出入りを許されていないところだった。よけいな火種とならないように第二王子が成人するまで、カルロはそこで更生するよう、教え諭されることになった。窓もなにもない閉鎖された空間に押し込められ、話し相手も娯楽もなく、自分の罪と向き合うことになる。人によっては気がふれてしまうこともあるという。

ラルサスはぬるいと考えていたが、享楽的なカルロにとっては耐え難い環境だろう。

その処分を下したファンダルシア王は、泣き叫ぶ王妃に日々激しく責め立てられて、ぐっと老け込んだ。

刺された張本人だというのに、重い沙汰だと、シャレードは心を痛めた。

「あなたはなにも悪くはありません。自業自得です」

「でも……」

「選んできたのは彼です。それを他人のあなたが責任を感じることはありません」

落ち込む彼女に、ラルサスが何度もあなたに非はないと言ってくれる。シャレードは気持ちの整理がつかないまでも、ようやく自分の力ではどうにもできなかったことだったと思えた。

「カルロのことを気にするくらいだったら、今の婚約者のことを構ってくださいよ」

敢えておどけたように言ったラルサスに、シャレードは泣き笑いのような表情でうなずいた。

シャレードとラルサスは、半年の婚約期間を経て結婚することになった。

それは学期がちょうど終わるころなので、シャレードは結婚の準備をしつつも、それまで学校に通うことにした。

留学を終え、帰国するはずだったラルサスはシャレードと離れるのが嫌だと主張し、結婚するまで一緒にこの国に留まることになった。

めったにわがままを言わない息子に、ヴァルデ王は仕方ないなと苦笑して、それを許したそうだ。

その代わり、ラルサスは今回の密輸事件の賠償交渉をしたり、防止策を講じたり、交易の条件交渉をしたりと、父王にさんざんこき使われることになった。

そのせいで忙しくなり、同じ国にいるのにシャレードとなかなか会うことが出来なかった。

「これでは留まった意味がないじゃないか！」

ラルサスは嘆いた。

会いたいと書き連ねられたラルサスの手紙に、シャレードはなぐさめの返事を何枚も書いた。

そして、もらった手紙を大事に胸に抱く。

それらはカルロがラルサスを騙って送ってきた手紙と違って、彼の香水がかすかに香る上質な紙に美しい筆跡でシャレードへの愛が散りばめられたものだった。

ラルサスは必ず花束と一緒に手紙を送ってくれたが、シャレードはどんな贈り物より彼の言葉がうれしかった。

「シャレード、ようやく会えた……」

フォルタス公爵邸のエントランスでシャレードを見た瞬間に、ラルサスは焦がれた声を漏らした。

今日は前に交わした約束を果たすべく、二人で孤児院に行くことになっていた。

馬車に乗り込むなり、唇を寄せてきたラルサスに応えながら、シャレードはふふっと笑った。

「ようやくって、一週間空いただけではないですか」

「一週間も会えなかったんです。以前は毎日会えたのに」

毎日学校に通えていたころが懐かしいと、ラルサスがうらめしそうに言うと、フィルがあきれたようにシャレードに告げ口した。

『ラルサスってば、口を開けば、シャレードに会いたい会いたいってうるさいんだよ』

「まぁ！」

告げられたほうも告げ口されたほうも顔を赤らめた。

「でも、もうすぐ毎日ともに生活することになるのですから……」

シャレードがなぐさめるように言うと、ラルサスは気を取り直して、うれしそうに微笑んだ。

彼女を抱きしめ、愛しそうに眺める。

「そうですね。毎朝、こんなふうに腕の中にあなたがいて目覚める朝はきっと幸せでしょうね」

愛情たっぷりに見つめられ、頬を染めたシャレードは水色の瞳を揺らめかせた。

その瞳は明るい空を映した湖のようで、もう凍ってなどいない。

二人はその幸せな生活を思い浮かべ、微笑み合うとまた唇を合わせた。

『二人がうれしいと僕もうれしいんだけどさ～、もうちょっと人目を気にしてほしいな～』

フィルがぼやくと、シャレードが真っ赤になった。

そこには同じく頬を染めた侍女のエレンとラルサスの侍従も乗っていたのだ。彼らは気まずそうに目を逸らしていた。

恥ずかしくてたまらず、シャレードはラルサスの胸に顔をうずめた。


しばらくして、落ち着いたシャレードはラルサスを見上げた。

「お忙しいのに孤児院の慰問に付き合っていただき、ありがとうございます。本当にお時間は大丈夫だったのですか？」

「もちろん。ずっと心残りだったのです。約束したのにと」

孤児院で子どもたちにディルルバの演奏を聴かせるという約束のことだ。

果たせないと思っていた約束が実現すると思うと、感慨深かった。

シャレードは前回の慰問の際、子どもたちにラルサスとの婚約のことを話し、まもなくヴァルデ王国に嫁いでいくことを告げている。

皆一様にショックを受けていたが、気を取り直すと旦那さんになる人を見たいとねだった。

そこで、シャレードはあの約束を思い出し、ラルサスに相談して、来てもらうことにしたのだ。

今後の孤児院の運営は、意外なことにシャレードの弟と婚約した第一王女が引き継いでくれることになった。

今まで第一王女とは挨拶以上の付き合いがなかったが、先日改めて会ったときに十四歳と思えないほどしっかりしている方だと感じていた。側室の子だと差別されていたという境遇もあってか、驕ることなく感じがよかった。一緒に孤児院に赴《おもむ》いたときにも、子どもたちににこやかに接していた。

今後うまく運営していけるのかとても気になっていたので、シャレードはその様子に安心した。


「シャレード様！」

「わぁ、シャレード様が来てくれた！」

孤児院に着くと、いつもの通り、子どもたちが歓迎してくれる。

そして、ラルサスを見るとその美男ぶりに固まった。

「さすがシャレード様の婚約者だわ！　かっこいい！」

硬直から覚めると、シャレードとともに微笑んだラルサスに女の子はキャーキャー騒ぎ、男の子はちょっと拗《す》ねた。

美男美女のカップルになにも文句がつけられなかったのだ。

『わぁ、人間の子どもがこんなにもいっぱい。にぎやか～。ラルサスは子どもにも人気なんだね』

フィルは目を丸くして、ふよふよと彼らの上を飛び回った。

子どもたちのエネルギーをもらったようで、ぴかぴかしていた。

あまりの騒ぎように、院長がたしなめる。

「皆さん、お行儀よくしなさい。シャレード様にいいところを覚えていてもらいたいでしょう？」

「はーい」

子どもたちに連れられてシャレードたちが室内に入ると、院長が改めてお祝いを述べてくれた。

「このたびはご婚約おめでとうございます。子どもたちがお二人にと、こんなものを用意したのですよ」

いつもの部屋はリボンや布で飾りつけしてあり、二人を祝福する手紙やプレゼントが用意されていた。

そんなことをしてもらえるとは思ってもみなかったので、シャレードは感激で目が潤んだ。

一つ一つ手に取り、お礼を言う。

「ありがとう。本当にうれしいわ」

シャレードも子どもたちにプレゼントを持ってきた。

それぞれの名前を刺しゅうしたハンカチだった。

忙しい合間を縫って、自ら刺しゅうしたのだ。

「僕の名前が書いてある！」

「私のもあるわ〜」

「これ、ぼくのなまえ？」

「そうよ。コ・ル・ネ・スと読むのよ」

子どもたちは大喜びで、自分のハンカチを見せ合っている。

その様子をシャレードが微笑んで見守っていると、横にいたラルサスがぼそっとつぶやいた。

「いいな。私だってもらったことはないのに」

ハッとシャレードが目をやると、子どもっぽいことを言ってしまったとラルサスは目を逸らした。

くすっと笑ったシャレードは、彼の袖を引っ張り、耳打ちした。

「私が愛しい婚約者の分を忘れると思いますか？」

彼女にしてはめずらしい、いたずらっぽい声が耳をくすぐり、ラルサスは目を見開いた。

「私の分もあるのですか⁉」

「もちろんです」

ハンカチに刺しゅうしているうちに、想いがラルサスに向かって、つい彼の分も刺しゅうしてしまったのだ。まさか欲しがるとは思ってはいなかったが、作っておいてよかったとシャレードは胸をなでおろした。

「はい。ラルサス様のハンカチです」

「ありがとう」

シャレードが手渡すと、名前を刺しゅうしただけのハンカチなのにラルサスは満面の笑みを浮かべ、大事そうに受け取る。その様子に、シャレードの胸に愛おしさが広がった。

プレゼント交換が終わって落ち着いたころ、いよいよラルサスのディルルバの演奏を披露することになった。

マットを敷いた上に、ラルサスがあぐらをかいて座り、ディルルバを抱える。

見たことのない楽器に子どもたちは興味津々だった。

「これはディルルバといって、私の国の伝統的な楽器です。こうして抱えて、この弓で弾きます」

ラルサスが説明しながら、調律を始めた。

艶やかな音色が響き渡る。

一拍おいて、ラルサスが演奏を始めた。

一曲目は子どもに受けそうな軽快な曲で、演奏が終わったとき、子どもたちは目をキラキラさせて、拍手をした。

二曲目はしっとりした美しい旋律のものだった。

――澄み渡る湖面に風がそよぎ、水紋が広がる。そこに日の光が反射してキラキラと輝き、見る者を魅了する光景となる。

そんなイメージがシャレードの頭の中に浮かんだ。

シャレードには謙遜をしていたが、国で名手と名高いラルサスの演奏は素晴らしかった。

静かでひたすら美しく、幸福感をもたらすその音楽に、一同がうっとりと聞き惚れる。

それは音楽というものをあまり理解していない子どもをも魅了した。

圧倒的な音楽の力に、皆、心を奪われたのだ。

演奏が終わっても、余韻が残り、しばらく誰も身動きすらできない。

最初に我に返った院長が拍手をすると、それを合図に大歓声が湧き起こり、ラルサスが一礼して立ち上がった。

「素晴らしかったです！　なんという曲なのですか？」

『ほんと〜。僕も初めて聴いたけど、すっごくよかったよ〜』

シャレードは興奮して、ラルサスに問いかける。フィルも皆の高ぶった感情から良質のエネルギーをもらって、輝いていた。

ラルサスは微笑んで、シャレードの耳にささやいた。

「『シャレード』、ですよ」

「え？」

「あなたを想って作った曲です」

『はいはい、ごちそうさま〜』

フィルは苦笑して、恋人たちの邪魔にならないように飛んでいった。

シャレードは自分を想って作ってくれた曲があれほど美しかったことに感動していた。

ラルサスの想いの深さを改めて感じて、彼を潤んだ目で見上げる。手は彼の袖を掴み、人目がなければ、抱きついていただろう。

「……ありがとうございます」

ようやく絞り出せた言葉は感謝の言葉だった。

熱のこもった目をしたシャレードにラルサスも思わず抱きしめそうになる。しかし、さすがに子どもたちの手前、思いとどまった。

「ちゅーしてもいいよ！」

「きゃー、ステキ！」

「ダメだよ！」

子どもたちのはやし立てる声に、熱く見つめ合っていた二人はハッと視線を外した。

照れたようにラルサスは言う。

「次はシャレードの番ですよ」

「えっ？」

「フルートを披露してくれると言っていたでしょう？　楽しみにしていたんです」

ラルサスから言われて、シャレードは慌てた。

確かに前に約束したときにそんなことを言われたが、今回はそんな話はしていなかったので、彼が期待してくれているとは思っていなかったのだ。

「あの素晴らしい演奏のあとで私のフルートなんて！　どうか容赦ください」

「でも、私は聴きたいです」

ねだるようなラルサスの言葉に、シャレードはつい言ってしまった。

「それでは、二人きりのときにでも……」

「それはいい！　そのときを楽しみにしています」

笑みをこぼして、彼女の髪をなでたラルサスを見て、シャレードは帰ったらフルートを特訓しようと心に誓った。

おやつの時間になると、シャレードとラルサスを取り囲むように、子どもたちがおしゃべりに来た。

「おい、お前、シャレード様のことを幸せにするんだろうな！」

一人の男の子が不貞腐れた顔でラルサスに声をかけた。

「ダン！　そんな失礼な言い方しちゃダメよ！」

「大丈夫だよ」

慌てて注意した女の子に、ラルサスはにこやかに首を振った。

そして、その男の子に目を合わせ、真面目な顔で告げる。

「誰よりも幸せにすることを誓う」

「ラルサス様……。私はもう誰よりも幸せですよ」

その言葉の通り、シャレードが幸せそうに微笑むので、男の子は不機嫌な表情のままに「じゃあいい」と言って、ぷいっと背を向ける。

「心配してくれて、ありがとう」

その後ろ姿にシャレードは声をかけた。

「私たちのシャレード様をどうかよろしくお願いします」

先ほどダンを諌めた女の子も、真剣な顔でラルサスを見上げる。

シャレードが皆に愛されていることをうれしく思い、ラルサスはうなずいてみせた。

「うん。命をかけてシャレードを守るよ」

彼の言葉に女の子は安心したようにニコッと笑って、ダンを追っていった。

帰る時間になり、子どもたちと別れを惜しみながら、シャレードたちは馬車に乗り込んだ。

窓から手を振ると、泣き出しそうな子どもたちが見えて、シャレードも涙ぐむ。

馬車が進みはじめると、とうとうシャレードは涙をこぼした。

ラルサスが彼女を引き寄せ、なぐさめるように髪にキスを落とす。

「素敵なところでしたね」

「そうなのです。私の大好きな場所でした」

ラルサスにすがり、シャレードは少し泣いた。

すっかり彼に甘えている自覚はあったシャレードだったが、ラルサスはそんな彼女も慈しんでくれる。

癒されていた孤児院という場所は失うことになったが、新たに、ラルサスの腕の中という安心できるシャレードだけの場所ができた。

(ここが私の居場所なのね)

それに気づき、彼女は胸が熱くなった。

馬車はラルサスの屋敷へと向かった。

このあと夕刻まで久しぶりに二人きりで過ごす時間が取れるのだ。

屋敷に着き、お茶を出したメイドが下がるやいなや、ラルサスは待ちきれないとばかりにシャレードを引き寄せ、キスをした。

はじめはチュッと触れ合うだけだったが、すぐに深いものになっていく。

シャレードがそれに応えていると、ラルサスは舌を絡めながら、器用に彼女の背中のリボンを緩め、ドレスを脱がせていった。ドレスとともにビスチェまではだけさせ、腰まで落とす。

シャレードは恥ずかしがって、胸を隠した。

「こんな明るいうちから……」

「だって、泊っていってくれないのでしょう？」

「今日は晩餐会があるから、無理です」

「せっかくシャレードと会えたのに、そうなんですよね……」

ラルサスは今夜、フォルタス公爵主催の晩餐会に招待されているのだ。

彼ががっくり肩を落としたので、シャレードは申し訳なく思う。

「ごめんなさい。お忙しいのに、お父様のわがままに付き合っていただいて……」

「いいえ、それはいいのです。ただ、私がこうしてシャレードと少しでも長く触れ合っていたいだけですから」

ラルサスは苦笑して、シャレードの腕の隙間から手を差し入れ、彼女が隠しているやわらかな胸を揉んだ。

ツンと立った尖りを探し当て、指先でカリカリと擦る。

「あんっ、もう、ラルサス様……」

シャレードは嬌声をあげ、身をくねらせた。

「かわいい」

ラルサスが満足そうに目を細めたので、シャレードは顔を赤らめる。

すぐに余裕のないラルサスのキスが降ってきて、彼女を翻弄した。

そのまま、ソファーの背に押しつけられて、ドレスの裾をめくられる。

彼女の脚の間にラルサスが手を這《は》わせた。彼はそこがすでにしっとりしているのに気づき、口角を上げた。

シャレードの凪いだ湖のような瞳は溶けて、熱を帯びている。

「お願いですから、そんな目は私だけにしか見せないでください」

思わず、ラルサスが乞うと、頬を赤らめたシャレードは彼の胸に頬を寄せ、つぶやいた。

「……あなただけです。ラルサス様にしかこんな姿は見せられません」

(こんなふうになってしまうのはラルサス様の前だけだわ……)

どうしてかわからないけれど、ラルサスには感情が隠せず、そのまま出てしまうシャレードだった。

「シャレード!」

その姿がかわいらしすぎて、クッと喉の奥を鳴らしたラルサスは、我慢しきれず、彼女の下穿きを抜き取り、割れ目に指を滑らせた。

一気に快感が押し寄せてきて、シャレードはうめく。

「あっ……ぅん……」

ラルサスが指を上下に動かすと、シャレードの腰が揺れてしまう。それと同時に豊かな胸もぷるんと揺れて、揺れ動く先端の赤い実をパクっとラルサスに食まれた。

シャレードが背を反らせて、甘い声をあげる。

熱く湿った舌でそこを転がされると、得も言われぬ快感が湧き上がる。

蜜が滴《したた》り、その泉にラルサスが指を挿れた。

浅いところを探られ、反応のいい部分をトントンとノックされる。

「ここがお好きなんですよね」

ラルサスはすでに彼女の気持ちよくなる部分を熟知していて、的確に指を動かす。

シャレードはその指に翻弄されてしまい、甘い息を漏らした。

どんどん蜜があふれ、ラルサスの手を濡らす。

「あっ、あっ、らるさす、さま……、ああんっ……」

すぐに快感に満たされて、胸を突き出すように背を反らした。

早くも限界が近づいているようなシャレードの中からラルサスは指を抜いた。

「あ……」

なぜ？　と蕩《とろ》けた瞳でシャレードは見上げる。

何度も抱かれて快楽を教え込まれた彼女は、ラルサスの前では欲望にも素直になっていた。

そんなシャレードの反応を見て口もとを緩めたラルサスは、彼女のドレスを脱がせた。そして、彼女を見つめながら、焦らすようにゆっくりと自分もズボンの前を寛げる。

そこにはすでに立派にそそり立った猛りがあった。

早く欲しいとシャレードの身体の奥が疼《うず》く。

ラルサスはシャレードの膝裏を持ち、脚を折りたたむと、その中心部へ屹立を擦りつけた。

「ああっ！」

急に快感が戻ってきて喘ぐシャレードの中に、ラルサスのものが一気に深くまで入ってきた。

「んんんーーっ」

お腹から脳を直撃するような甘い痺《しび》れが走る。

期待に震えながらもシャレードは、明るいうちからソファーの上で行われている淫らな行為が恥ずかしくて仕方がなかった。しかし、そうした思考も彼に満たされると一瞬で溶けてなくなった。

ラルサスがキスをして動き出す。

「あっ、はぁ、ぁ、ゃあ……ん……」

ソファーの背に身体を押しつけられ、突き上げられる。

とめどもない快楽に支配され、シャレードはすがるものを求めて、手を伸ばした。

ラルサスはその手を取り、自分の首もとに回させる。

シャレードは彼にしがみつきながら、揺さぶられ、嬌声をあげ続けた。

その合間に、ぐちゅっというような淫らな水音や秘部を打ちつける音が響く。

本来なら羞恥心に襲われるはずのその音も、興奮を助長して、シャレードは官能に溺れた。

ラルサスに身体の深いところまでだけでなく、心さえも満たされ、彼女は湧き上がる歓喜とともに昇りつめていく。

「あぁぁーーっ！」

激しい快感がシャレードを襲い、彼女は達した。ぎゅうぎゅうにラルサスを締めつける。

たまらず果てたラルサスが彼女を抱きしめてくる。

朦朧《もうろう》とするシャレードの頭の中にはラルサスへの愛しさしかなかった。

二人は繋がったまま、キスを繰り返した。

その後もベッドに行く暇さえ惜しんで腰を動かすラルサスに翻弄されていたシャレードだったが、窓から夕陽が差し込んでいるのに気づくと、彼を止めた。

「ラルサス様、時間が……」

「んー、もう少し……」

「ダメです。準備する時間が必要です」

「う……ん、わかりました」

ラルサスはうなずくものの、キスも愛撫もやめようとしないので、シャレードは彼の胸を突っぱねた。

「ラルサス様、もうダメです！」

ピシャリと言ったシャレードに、ラルサスは目を丸くした。

「ご、ごめんなさい、私……」

シャレードがハッとして謝った。

つい、カルロを急かすような言い方をしてしまったのだ。

（カルロ様みたいにラルサス様から疎《うと》まれたら、生きていけないわ）

シャレードは暗い顔をして、うつむいた。

落ち込む彼女を優しく抱きしめて、ラルサスはそのこめかみにキスをした。

「しっかり者の奥さんに叱ってもらえるなんて、夫の特権だ。私はうれしいですよ？　そんな顔をしないでください」

彼はシャレードとしっかり目を合わせて本気でそんなことを言ってくれる。その心がわかって、シャレードの目が潤んだ。そんな彼が本当に好きだと思う。

ちょうど二人の様子を見に戻ってきたフィルも笑ってとりなしてくれた。

『ラルサスはシャレードにべた惚れだから、不安に思うことなんて、なに一つないと思うよ～。結構抜けてるから、そうやってたまに叱ってやってよ』

フィルの言葉にラルサスが「抜けてるとは失礼な」と苦笑した。

そして、すぐ真面目な顔になり、シャレードを見つめた。

「でも、本当に不安に思う必要はないのですよ？　なにがあっても私の愛は変わりません」

「ラルサス様……」

涙ぐんだシャレードに、ラルサスは優しくキスをしてくれた。

「じゃあ、行く準備をしますか」

ラルサスが床に散乱していたシャレードの下着を拾い集めて、彼女に着せてくれる。

それどころか、ビスチェの紐とドレスのリボンをきつく結わえて、シャレードの服装まで整えてくれる。

手際がいいことに驚いたシャレードに、ラルサスは照れくさそうに笑った。

彼女の世話をしたいがために、メイドに習ったのだと言って。

そうした時間でさえ、彼女と一緒にいたいと思ってくれているラルサスに、シャレードは胸がいっぱいになって抱きついた。

『ラルサスはエッチなだけだよ〜』

「シャレードに余計なことを言うな！」

フィルがからかい、ラルサスが怒って彼を捕まえようとする。

仲のいい二人の様子に、シャレードは笑みをこぼした。


次はラルサスが晩餐会の衣装に着替える番だ。

「私もお手伝いします」

そう言って、シャレードは見事な刺しゅうで覆われた長い上衣をラルサスに着せかけた。

彼の胸もとのボタンを一生懸命留めていたら、突然、抱きしめられた。

「もう、ラルサス様！　ボタンが留められません」

シャレードが抗議をすると、彼はチュッと額にキスをして、「シャレードがあまりに愛おしかったから」と笑う。

頬を染めたシャレードは視線を落として、ボタンとの格闘を続けた。

彼女のおくれ毛に指を絡めたり、背中をなでたりするラルサスのちょっかいとも戦いながら。

ヴァルデ王国の正装に身を包んだラルサスは、出会った舞踏会のときと同じように、エキゾチックで美しかった。

シャレードはその素敵な人をうっとり見つめる。

視線に気づいたラルサスが微笑んだ。

「行きましょうか？」

「はい」

手を差し出されて、シャレードはその手を取る。ただそれだけのことが心底幸せだと感じた。


フォルタス公爵家に着き、シャレードが晩餐会用のドレスに着替えるのを待つ間、ラルサスは客間で公爵にもてなされた。

結婚の許可を求めに来たときと違って、フォルタス公爵は事前にいろいろ調べたようで、ヴァルデ王国との交易に関心があるそぶりを見せた。取引項目や条件など、あれこれこと細かに彼に質問してくる。

ラルサスは自分には即答する権限がないとのらりくらりと躱《かわ》しながら、新たに決まったヴァルデ王国に有利な関税率を考えると、この国との交易をもう少し拡大してもいいなと考えていた。

その相手が義父とは限らないけれども。

義父になるとはいっても、長い間、シャレードが蔑《ないがし》ろにされる状況を放置していたフォルタス公爵をラルサスは許していなかった。それゆえ、取引するとしたら、あくまでヴァルデ王国の利益になると判断したときだけだと思っていた。

トントンとノックの音がして、着替えたシャレードが入ってきた。

彼女が身につけていたのは、ラルサスの瞳を思わせるような光沢のある翠《みどり》色で、角度によっては銀色にも見える、シャレードとラルサス二人の色を合わせたようなドレスだった。その生地だけでも美しかったが、そこに繊細なレースがアクセントを加えている。

大きく開いたデコルテでは、ラルサスから贈られた翠《みどり》の宝石が主張していた。

シャレードの姿は光り輝いているようで、ラルサスは目を奪われ、言葉を失くした。

じっと熱く見つめられて、シャレードは彼を見返し、はにかんだように笑う。

彼女に視線を惹きつけられたまま、ラルサスは立ち上がってシャレードのもとに向かい、エスコートした。

彼女の腰に手を回した彼は、感嘆の意を込めて、その耳もとでささやいた。

「すばらしく綺麗です、シャレード。今日が舞踏会じゃなくてよかった。こんな姿を他の男に見せたくない」

独占欲剥き出しの言葉だった。

父からこれを着るようにと与えられたドレスだったので、シャレードは少々複雑だったが、喜んでいるラルサスを見てうれしくなった。

『本当に綺麗だね～。こんな布を初めて見たよ～』

フィルがものめずらしそうに、シャレードの周りを飛び回る。

ラルサスもうなずいた。

「この布はめずらしいですね。とても美しい」

「ありがとうございます」

「これは私の領地で開発させた特別な布なんですよ」

「そうだったのですね。すばらしいです」

フォルタス公爵が口を挟んできて、ラルサスは素直に感心してみせた。

「興味がおありでしたら、貴国への交易を考えましょうか？　これほどの品質のものはなかなか他の領地では作れないでしょうから」

機嫌がよくなったフォルタス公爵は、晩餐会でも自領の交易品をわかりやすくラルサスにアピールしていた。

どうやら今日の晩餐会はこれが目的のようだ。

シャレードはそれに気づいて申し訳なく思っていたが、如才なく相手をしているラルサスにほっとする。

なごやかな雰囲気で晩餐会は進んだ。

しかし、終始にこやかだったラルサスは晩餐会の最後に真顔になり、フォルタス公爵に告げた。

「フォルタス公爵、あなたなら王太子交代の顛末を詳しくご存じでしょう？　こうなったのも、あなたたち高位貴族がだらしない王族を放置していたからです。ヴァルデ王国は交易の相手を選びます。もし今後もこういったことが続くなら――」

皆まで言わず、ラルサスは静かにフォルタス公爵を見つめた。

今、ヴァルデ王国との交易が打ち切られて困るのはファンダルシア側だ。

いつの間にか立場が逆転していることに改めて気づき、フォルタス公爵は慄然とした。

以前はヴァルデ王国と取引してやってもいいというような意識だったのだ。

「わ、わかりました。これからは私が目を光らせていることにしましょう」

「それは心強いですね、お義父上」

にっこりとラルサスが美しい笑みを浮かべた。

これでカルロを放置した無責任なファンダルシア王に、鈴をつけられただろうと思った。フォルタス公爵にも罪滅ぼしにしっかり働いてもらわねばとも思っていた。

そうしたやり取りをシャレードは静かに眺めていた。

シャレードとラルサスを交互に見て、こっそりとフィルが彼女にささやいた。

『ラルサスはこんな腹黒い面もあるけど、嫌いにならないでやってね～』

フィルの言葉に、弾けたようにシャレードを振り向いて、ラルサスはさっと青ざめた。

そんな彼をなだめるように、シャレードはテーブルの下で手を握る。そして、微笑みながら、ラルサスと同じようなセリフをささやいた。

「なりませんよ。言うべきことを言えるラルサス様は素敵です。それに、私の愛は変わらないので、不安に思う必要はないのですよ？」

ラルサスはほっとして、シャレードの手の甲に口づけ、破顔した。

『うわぁ、本当にもうラブラブだね～。安心したぁ』

そんな二人をフィルがからかった。

フォルタス公爵は、彼らのやり取りは聞こえなかったものの、ラルサスが自分の娘に心底惚れているらしいと見て取り、交渉を有利に進められるなとにやりとした。

後の交渉で、ラルサスはそんな隙を見せることはなかったが。

エピローグ

シャレードと目が合った途端、ラルサスはぴたりと動きを止めた。

「なんて美しいんだ……！」

月の光が湖に映り込んで、きらめいているようなシャレードの姿を見て、ラルサスは感動に目を潤ませた。

シャレードがラルサスのために、婚礼衣装を身にまとっていたのだ。

その日は彼らの結婚式だった。

ヴァルデ王国の白亜の城にて、盛大に結婚式が行われようとしていた。

準備ができたとの知らせを受けてラルサスが控室に入ると、輝くようなシャレードの姿が目に入り、彼は見惚れて固まったのだ。

シャレードが着ているドレスは、身ごろを彼の国独特の繊細な刺しゅうが覆い、翠《みどり》の紗を重ねたふわふわのスカート部分にはところどころに宝石が光っている。

それはシャレードの美しさを際立たせ、華やかであるのに気品もあった。

シャレードの腕にはラルサスの瞳と同じ翠《みどり》の宝石があしらわれた銀のブレスレットが重ねづけされ、首には揃いのペンダント、耳はシャラリと優雅に揺れ動くイヤリングが飾られていた。イヤリングの先にはやはり翠《みどり》の宝石がきらめいている。

固まったラルサスの横を通り抜け、ふよふよとフィルがシャレードの周りを飛び回る。

『綺麗だね～、シャレード』

「ありがとうございます」

シャレードは、はにかむように微笑み、夫となる人に視線を移した。

白地にシャレードのものと対になった水色と銀色の刺しゅうが施された長い上衣、濃紺のズボンを身につけたラルサスは精悍《せいかん》で、いつにも増してハンサムだった。

薄いベールの下から、輝く水色の瞳がラルサスをうっとり見上げた。

はっと我に返ったラルサスはシャレードのそばに寄り、その手を取る。

「シャレード、美しすぎて、息が止まりました」

相変わらず、彼の瞳は情熱的に彼女を見つめ、シャレードはその熱さに頬を染めた。

「未だにあなたが私のものになってくれた幸運を信じられません。まだ、夢のようで……」

ラルサスの言葉に、シャレードは愛情あふれる顔で笑った。

「私はまぎれもなくあなたのものです。それに今から結婚式なのに、信じてくれないと困ります」

「ハハッ、そうですね」

ラルサスも快活に笑った。

そして、ふいに真剣な顔をして、シャレードを見た。

「シャレード、愛しています。ずっと私のそばにいてください」

「私も愛しています、ラルサス様。私を選んでくれて、そして、あきらめずにいてくれて、ありがとうございます」

結ばれるはずがないと思っていた。

それでも、人生を無にする覚悟でシャレードの病を治し、何度も愛を伝えてくれた人。

彼があきらめていたら、シャレードは彼の隣にはいなかった。この世にもいなかったかもしれない。

想いが込み上げ、彼女は愛する人を熱く見上げた。それ以上に熱い瞳が、焦がれるようにシャレードを見返す。

ラルサスは式を待てずに、ベールを上げると、シャレードにキスをした。

彼らを祝福するように、フィルが光の花を降らせた。

番外編

乾いた大地の中に大きな湖があった。

その周囲だけ緑に覆われ、湖を囲うように白っぽい石造りの建物が並んでいる。

緑と青と白のコントラストが美しい。

シャレードは白亜の城のバルコニーから、それを眺めていた。ヴァルデ王宮はその湖の畔《ほとり》に面して建っていたのだ。波一つない鏡のような湖面が青い空を映していて、それはまるでシャレードの瞳のようだった。

「シャレード、見つけた。あなたはここが好きですね」

後ろから声がして振り向くと、褐色の肌に美しい笑みを浮かべたラルサスがいた。

翠《みどり》色の瞳を持つ眼《まなこ》がシャレードを見て、やわらかく細められる。

くるぶしまで届く長衣をまとった彼は、相変わらずエキゾチックで魅力的だ。ただし、その格好はヴァルデ王国の日常着なので、ここでは異国風と感じるのはシャレードだけだ。

「ここからの景色が素晴らしくて、つい眺めてしまうのです」

「でも、日に当たりすぎて、またひどい日焼けをしないでくださいよ」

「大丈夫です。ちゃんと対策をしていますから」

心配そうなラルサスに、シャレードは頭に被っていた紗のベールを持ち上げてみせる。

『そうそう、大丈夫だよ。そんなの僕がちょちょいと治してあげるから』

ふよふよ飛んできたフィルがシャレードの肩に止まって、えへんと胸を張った。

「そうだとしても、シャレードの美しい肌が一瞬でも火傷のようになって痛むのは嫌なんです」

スーッとシャレードの頬に指を這《は》わせて、ラルサスはぼやいた。

ヴァルデ王国に嫁いできた当初のシャレードは、ここの陽射しの強さに慣れず、すぐ日焼けで肌を赤くしていた。もともと肌が白いだけに、真っ赤になった肌は痛々しかった。

もちろん、フィルがすぐに治してくれたが、ラルサスにはその時の印象が強く残っているのだ。

ラルサスは、すぐにシャレードのために日除けのベールを何枚も用意した。

それは薄い紗の布に見事な刺しゅうが散りばめられたもので、シャレードの頭から全身を優雅に包むものだった。

ヴァルデ王国の女性の着衣はそうした紗を重ねた長いワンピースのようなものが多く、それにベールをまとったシャレードは月の精のようだとラルサスは思った。

「ラルサス様は心配しすぎです。私もだいぶ慣れてきたのですよ？」

少し拗《す》ねたような表情で、シャレードが返した。

彼女がこの国に来てから三ヶ月が経つ。

ファンダルシア王国とは気候も習慣も違うこの国を新鮮に思い、知ることを楽しみにしていたシャレードだった。また真面目な彼女らしく、積極的に馴染む努力をしていた。

それを理解していたラルサスは、シャレードの腰を引き寄せ、チュッとキスを落とす。

「急がなくていいのですよ？　私たちにはたっぷり時間があるのですから」

「そうですね」

ラルサスがファンダルシア王国に留学していたころは、二人の時間は限られていた。

彼らはただのクラスメイトだったし、シャレードはカルロの婚約者だったのだから。

それを思うと、結婚して毎日ともに過ごせる今の状況が夢のようだと二人は思い、顔を見合わせて微笑んだ。

「それにしても、私が忙しいせいで、なかなかあなたとの時間が取れずにすみません」

無理を言ってファンダルシア王国に留まっていたラルサスだったが、帰国したら、仕事の山が待っていた。それを捌《さば》くのに必死で、なかなか甘い新婚生活に入れないのを不満に思っているようだった。そうはいっても、夜は情熱的に求めてくるのだが。

申し訳なさそうに眉を曇らせるラルサスに、シャレードはかぶりを振る。

「いいえ、お仕事ですもの。それは仕方ありません。私がお手伝いできたらいいのですが」

カルロの代わりをある程度務められるように教育されていたので、国は違えど、役に立てるのではないかと思った。それでも、異国出身の自分がしゃしゃり出て、ラルサスに迷惑をかけたくないとも思っていた。

そんな控えめな彼女の心情を悟り、ラルサスはにこりと笑った。

「それは頼もしい。ぜひ助けてもらいたいですね」

『いい考えだね。これで少しはラルサスの溜め息も減るよ～』

「溜め息？」

『そう。執務中にシャレードを想って大きな溜め息を連発するから、皆困っちゃってるんだよ』

「こら、フィル！」

フィルにかっこ悪いところをばらされて、ラルサスは気まずそうに目を逸らした。耳が赤くなっている。

「だって、シャレードが足りないんだ」

小さく反論した彼に、シャレードはくすりと笑って、身を寄せた。

いつも凛々しいラルサスが自分を熱望して溜め息をついたり、こんなふうに照れたりするのをかわいらしく感じた。愛されている実感に頬が緩む。彼はいつだってこうして愛を伝えてくれる。

「いつでもおそばにおりますのに」

視線を戻したラルサスは微笑んだ。シャレードを腕に囲い、その髪に口づける。

「そうなのですが、もっとそばにいたいと思ってしまうのです」

そう言いながら、ラルサスは彼女の銀色の髪をなで、あごをすくい上げた。情熱的な瞳がシャレードを見つめ、唇が下りてくる。

その甘ったるいしぐさに、彼女の肩にいたフィルは中空に逃げ出した。

『はいはい、ごちそうさま』

また始まったとばかりに、フィルが肩をすくめる。

それに構わず、笑みを浮かべたラルサスは、シャレードの顔を覗き込んだ。

「頑張っている私にご褒美をくれませんか？」

「ご褒美ですか？」

「ようやく丸一日身体が空く日を作れそうなので、あなたと出かけたいと思って」

「お出かけだなんて、私にもご褒美です」

氷の公女と呼ばれていたとは思えないやわらかな表情で、シャレードは笑みを漏らした。

涼やかな水色の瞳がいきいきとして、きらめく。

この国に嫁いできてから、まだ王宮の外には出たことがなかった。好奇心旺盛な彼女は外出というだけでわくわくしてくる。

それに気づいたラルサスは眉尻を下げた。

「すみません。あなたを退屈させていましたね」

「とんでもありません。新鮮なことだらけで覚えることも多いですし、皆さんが構ってくださるので、充実していましたよ？」

彼の気づかいにシャレードはかぶりを振る。

実際、ヴァルデ王国の人々は親切で、慣れないシャレードにいろいろ教えてくれた。王妃のお茶会に招かれて行ってみると、ヴァルデ王や王太子まで揃って出迎えられ、歓待されたこともある。

それを聞きつけたラルサスが慌てて飛んできて、興味津々で質問攻めにされていたシャレードを救ってくれた。そのとき以来、王妃からはちょくちょくお茶に誘われている。

王妃はもともと歌劇団の歌姫だったが、ヴァルデ王が一目惚れをして、口説き落としたらしい。

それゆえ、異国から嫁いできたシャレードを気にかけて気さくに接してくれる。

一目惚れされただけあって美しい王妃は、艶やかなピンクパール色の髪を持っている。その顔立ちやまなざしは、ラルサスにそのまま受け継がれていた。ちなみに、彼の翠《みどり》の瞳はヴァルデ王譲りのものだった。

ラルサスは母親に似た顔に苦笑を浮かべ、言った。

「父や母に頻繁に付き合うことはないのですよ？　断りづらかったら、私に言ってください」

「いいえ、皆様には本当によくしていただいていますし、王妃殿下とのお話は楽しいです」

「それならいいのですが」

ともすれば、過保護になりがちなラルサスに、シャレードはきっぱり大丈夫だと告げた。

言うべきことはちゃんと言える彼女の性格を思い出し、ラルサスはうなずいた。

「ところで、行き先ですが、あの先にもう一つ小さな湖があって、王族専用の避暑地になっているんです。そこで水遊びをしたり、ゆっくり過ごしたりしたいと思っているのですが、いかがですか？」

「素敵です。近くで湖を見てみたいと思っておりました」

瞳を輝かせたシャレードがかわいらしくて、ラルサスは思わずその額に口づけた。

「決まりですね。今週末そこに行きましょう」

「はい。楽しみにしております」

二人は視線を合わせて微笑んだ。


急に決まった王族の小旅行に使用人たちは大わらわで準備した。しかも、王子妃の初のお出かけだ。不足があってはならないと、神経を尖らせる。シャレードの水遊び用の服も突貫で仕立てられた。

シャレードはそわそわしながらその日を待った。

そして、出かける当日、雲一つない青空を見上げて、目を細めた。

「晴れてよかったですね」

『ここの国ではだいたいが晴れだよ〜』

「そういえばそうですね」

フィルに苦笑されて、シャレードはまだファンダルシア王国の感覚が抜けていない自分に気づく。もっと早くこの国に馴染みたいと真面目に考えた彼女を見て、ラルサスがとりなした。

「それでも、せっかくシャレードと出かけるんだ。晴れてよかったよ」

優しい旦那様の言葉にシャレードはにっこりした。

シャレードとラルサスが乗り込むと、馬車は市街地を抜けて、郊外に出た。そこは見渡す限り砂地で、まばらに草が生えた遊牧地が広がっている。

窓から見える移動式テントや羊、ヤギをシャレードは興味深そうに眺めた。

しばらく進むと、濃い緑と小さなきらめきが見えてきて、シャレードが弾んだ声をあげる。

「もしかして、目的地はあちらですか？」

「そうです。シャレードが気に入ってくれるといいのですが」

『気に入るに決まってるよ。僕の一番お気に入りの場所なんだから！』

ラルサスの肩に乗っていたフィルが自信ありげに胸を張る。

微笑ましく思いながら、シャレードはまた前方に目を向けた。

「それはますます楽しみです」

見ている間に目的地が近づいてくる。キラキラと輝く水面が大きくなっていく。

到着したその場所は、小さいけれど清廉な湖面を風が吹き渡り、この国にはめずらしい涼やかな景色を作っていた。その周りに強い陽射しを防ぐ木と白い石造りの建物がある。湖の前には二人のために大きなテントが張られていた。

ラルサスのエスコートで馬車を降りたシャレードは、その場所の神秘的な美しさに息を呑んだ。そよぐ木々ときらめく湖の景色だけでも美しいのに、湖の上にも木々の間にもフィルのような精霊たちが光を放ちながら飛び回っていたからだ。

『久しぶり～』

フィルがうれしそうにその仲間に入っていく。

「うかつに言うわけにはいきませんが、この光景をシャレードに見せたかったのです。ここは精霊に守られた土地なんです」

ラルサスがシャレードの耳に唇を寄せて、ささやいた。

確かに、フィル一人でも垂涎《すいぜん》される力を持っているのに、こんなに精霊がいる場所があるなんて広めるわけにはいかないだろう。精霊たちの姿は精霊付きとその伴侶しか見られないとしても。

「うっとりするほど綺麗ですね」

シャレードが見惚れてつぶやくと、それを聞いたラルサスは微笑んだ。

「あなたのほうが綺麗ですよ」

「まぁ、ラルサス様ったら、そんなわけありません」

「ありますよ。今、実際に見比べてわかりました。あなたの瞳はこの湖に似ていると思っていましたが、あなたの輝く瞳のほうが美しい」

大真面目にラルサスが言うので、シャレードは頬を染めた。

『どれどれ〜？』

『わぁ、ほんとだ。綺麗ね〜』

『初めて見る人間だよね？』

フィルが引き連れてきた精霊たちに顔を覗き込まれて、シャレードは真っ赤になって両手で顔を覆ってしまった。

「こら、フィル。シャレードが困ってるじゃないか」

『最初に困らせたのはラルサスだと思うけど』

シャレードの腰を引き寄せ、ラルサスが言い、フィルが口を尖らせて反論した。そう言われたラルサスは焦って彼女の手を外し、その顔を覗き込む。

「外見を褒められるのは嫌いですか、シャレード？」

翠《みどり》の瞳が心配そうに見ている。

頬に赤みが残ったままのシャレードはふわりと微笑んだ。

「嫌ではないのですが、身に余ることを言われると恥ずかしいです」

「いいえ、身に余るどころか、真実です！」

彼女の笑顔に胸を撃ち抜かれて、ラルサスは言い募る。

シャレードのほうも彼の情熱的な瞳にあてられて、また熱くなった頬を押さえた。

『シャレード、あきらめて慣れてよ。ラルサスはシャレード以外目に入らないんだから』

肩をすくめて、フィルが諭す。

慣れることはなかなかできないと思うものの、こんなにも自分という存在を求めてくれるラルサスに心癒される思いがするシャレードだった。

そんな彼らの様子を精霊たちはおもしろそうに眺めていた。


二人は従者に連れられて、テントの中のそれぞれに仕切られた幕の中に入る。そこで、水遊びのための服に着替えるのだ。

シャレードが着せられたのは、水色の布で胸と腰をわずかに隠すだけのものだった。同色の腰巻もつけていたが、それは透ける素材のため、彼女のすらりとした脚のラインをあらわにしていた。

まるで下着姿のようで、シャレードはまたしても顔を赤らめた。

「これは本当に人前に出ていい格好ですか？」

「もちろんです。お綺麗ですよ」

思わず聞いてしまったシャレードだったが、侍女はその仕上がりに満足そうに目を細めた。

ヴァルデ王国の服は露出が多いイメージはあったが、これほどのものは初めてでシャレードは戸惑った。でも、自信満々な侍女に背中を押されて、思い切って仕切りの幕から出た。

布についている数多《あまた》の銀の飾りがしゃらりしゃらりとシャレードの歩みとともに揺れ動く。

そこには、同じく着替えたラルサスが待っていた。

身に添うシャツと膝丈のズボンというラフな姿は彼の引き締まった身体を強調していて、いつもとは違った魅力に満ちあふれている。

しかし、ラルサスはシャレードを見るなり顔色を変え、叫んだ。

「男は外に出ろ！　護衛も湖のほうは見なくていい！」

そう言いながら、彼はシャレードに駆け寄ってくる。

身を隠すように抱きしめられて、シャレードはうろたえた。

「やっぱり変、でしたか？」

見せられないほどだったのかと瞳を翳《かげ》らせた彼女を見て、ラルサスが慌てて否定した。

「違います！　ただ、こんな美しいシャレードを他の男に見せたくなかっただけなんです。すみません……」

『独占欲が過ぎるよね～』

ラルサスの頭の上に乗っかっていたフィルがからかった。

「王子殿下、このご衣装は通常の水遊び用のデザインじゃないですか。せっかく妃殿下が美しく装われたのに」

シャレードの侍女もラルサスをたしなめる。

「そうなんだけど。シャレードのこんな姿は見せられない。見るのは私だけでいい」

彼がなおも言い張るので、フィルも侍女もあきれたように溜め息をついた。

本当に男性を全員追い出したラルサスはようやく落ち着いて、クッションが重ねられている絨毯の上に座った。シャレードは抱きかかえられたままだ。

「あの……ラルサス様？　水遊びするのではなかったんですか？」

いつまでも離してくれない彼に、シャレードがためらいがちに問いかける。

ハァと深い溜め息をついたラルサスは、彼女の頭に顔を擦りつけた。

「シャレードが綺麗すぎて、気が気でないんです」

「そんなふうに思う必要ありませんのに」

「未だに、シャレードが私のもとへ来てくれたのが夢じゃないかと思うんです」

「その気持ちはわかります。私も幸せすぎて、ときどき夢だったらどうしようと怖くなるので」

ラルサスの胸に頭を預け、シャレードがつぶやいた。

「でも、夢じゃない」

彼女のあごを持ち上げ、ラルサスはじっと見つめた。翠《みどり》の瞳が熱を持っている。

二人はお互いを確かめ合うように、唇を合わせせた。

『もう、ちょっと～！　目を離すとすぐイチャイチャし出すんだから！　遊ぼうよ～』

フィルがツンツンとラルサスの袖を引っ張る。

ハッと我に返ったシャレードは赤くなって、目を伏せた。

そんな彼女の頬をなでたラルサスはうなずいた。

「そうだな。じゃあ、シャレードに日焼け止めのクリームを塗ってからな」

『えぇー、まだかかるの～？』

「仲間たちと遊んで、待っていてくれ」

『わかったよ～』

フィルをなだめたラルサスは、侍女に瓶に入ったクリームを持ってこさせた。

「ほら、腕を出してください」

「ラ、ラルサス様が塗ってくださるんですか？」

「もちろんです」

『あ～、またイチャつこうとしてる！』

これは時間がかかりそうだと、あきらめたフィルはテントの外へ飛び出していった。

ラルサスは瓶からひとすくいクリームを取り、シャレードの腕に延ばしていく。

肩から肘、指先まで、マッサージするように丁寧にクリームを塗り込まれていくと、シャレードは官能を覚えてしまって、ぞくぞくっとした。

（ラルサス様は日に焼けないようにしてくれているだけなのに）

毎夜のようにラルサスに愛され、快感を覚え込まされた身体は、ちょっとした刺激にも反応するようになってしまっていて、恥ずかしくなる。

腕を塗り終わった彼の指は、ほぼ剥き出しのシャレードの背中に移った。

「んっ……」

ラルサスの手つきが愛撫しているかのように感じて、それに耐えていたのに、ふいに首筋に口づけられて、シャレードは声を漏らしてしまった。

「ラルサス様！」

咎《とが》めるように振り返ると、ハハッと笑った彼に唇を奪われる。

翠《みどり》の瞳がいたずらっぽくきらめく。

彼がわざと感じさせるように手を動かしていたことに気づき、シャレードは拗《す》ねた顔になった。

「もうっ、自分で塗りますから！」

「ダメですよ。ちゃんと塗らないと、シャレードの美しい肌が焼けてしまう」

そう言ったラルサスはいきなり後ろから彼女の片脚を持ち上げた。

「きゃっ」

バランスを崩して、シャレードは背中を彼の胸に預ける体勢になった。ラルサスが後ろから彼女を抱きかかえるようにして、爪先からクリームを塗っていく。脚に手を這《は》わせる。

ふくらはぎからももへ上がってきた手が腰巻の中のきわどいところを擦るので、シャレードは浅い呼吸になってしまった。

「ぁ……ん……」

「どうかしましたか？」

笑いを含んだ声が耳もとで聞こえる。

彼の息づかいも官能を誘って、シャレードは首をすくめた。

「なん、でも、ありません」

感情のコントロールは得意なはずなのに、快感には弱いことに彼女は最近気がついた。

それが少し悔しくて虚勢を張っていたら、全身にクリームを塗られたころには、息も絶え絶えになってしまった。

『ねぇ、まだ～？』

二人がなかなか出てこないので、痺《しび》れを切らしたフィルが呼びに来た。

そして、上気してくったりしているシャレードと、そんな彼女を楽しげに抱きかかえているラルサスを見て、あきれた顔をした。

『ラルサス、日が暮れちゃうよ？』

「あぁ、悪い。ついシャレードがかわいすぎて」

『はいはい。じゃあ、行くよ？』

フィルが急かすようにラルサスの服を引っ張る。

「ラルサス様、私、水遊びがしてみたいです」

訴えるようにシャレードはラルサスを見上げた。

ファンダルシア王国ではこんな機会はなく、楽しみにしていたのだ。

それに気づいたラルサスは後ろめたそうに謝った。

「すみません、シャレード。行きましょう。立てますか？」

「はい……」

ラルサスに支えられて、シャレードはなんとか立ち上がった。


「素敵……！」

テントを出ると、まばゆい光と透き通った湖に迎えられ、シャレードは歓声をあげた。

そこでは精霊たちが光りながら、追いかけっこをしたり、水を跳ねさせたりして遊んでいる。

幻想的で、開放感あふれる光景だった。

「湖に入りましょう」

ラルサスが彼女の手を取って、誘導してくれる。

湖に足を入れると、ひんやりした水がほてった身体に心地よかった。

「綺麗な水ですね」

「そうですね。ここは湖といっても、大きな泉のようなもので、絶えず新鮮な水が湧き上がっているんです」

「だから、こんなに澄んでいるのですね」

腰上まで水に浸かっているのに、足先まではっきり見える。その足の上をさっと小魚の群れが通り過ぎた。

「お魚だわ！」

シャレードが弾んだ声をあげる。

『こっちにはもっと大きな魚がいるよ～』

「本当ですか？」

目を輝かせたシャレードはフィルのほうへ行こうとした。

「あっ、シャレード、そっちは――」

ドボンッ。

ラルサスの制止は間に合わず、シャレードは水没した。

急に深くなっていたのだ。

慌てて、ラルサスが彼女を引っ張り上げる。

「大丈夫ですか⁉」

頭までびっしょり濡れたシャレードは目を見開いたあと、ふふっと笑った。

「びっくりしました」

その笑顔は無邪気な子どものようで、そんな自然な表情を見せてくれるようになったシャレードに、ラルサスは胸が熱くなった。

「シャレードは泳げますか?」

「いいえ、泳いだことはありません」

「じゃあ、まずは浮いてみましょうか」

「浮く、ですか?」

「そう。私が支えていますから、力を抜いて仰向けになってみてください」

彼に言われた通りにしているつもりだったが、シャレードには力を抜くというのがうまくできなくて、沈んでしまう。

『シャレード、頑張って〜』

フィルも応援してくれるが、何度やってもだめだった。

「すみません……」

「いいんですよ。遊びなんですから」

落ち込んでしおれたシャレードをラルサスがなぐさめる。

「じゃあ、今度は反対向きになりましょう」

ラルサスがぐいっと彼女の両手を引っ張ると、うつ伏せの状態で身体が浮いた。

「脚をバタバタ動かしてみてください」

手を引っ張られながら、脚を動かしてみると、前に進んでいるようだ。

「泳いでいるみたいです」

「ちゃんと泳げていますよ」

「楽しいです！」

水色の瞳が湖面のようにキラキラ輝いている。

ラルサスは愛しさのあまり抱きしめたくなったが、ぐっとこらえて、シャレードを思う存分泳がせてやった。

彼女の立てる水しぶきを浴びて、フィルがキャッキャとはしゃぐ。

ほかの精霊たちも寄ってきて、水をかけてイタズラしたり、虹を見せてくれたりした。

二人は楽しいときを過ごした。


「そろそろ上がりましょうか？」

日が傾き出したころ、シャレードの疲れを見て取り、ラルサスが声をかけた。

シャレードはまだ遊んでいたい気がしたが、水遊びで思った以上に体力を使い、身体が重くなっていた。

「そうですね」

素直にうなずいた彼女はラルサスに手を取られて、岸に上がった。

ぽたり、ぽたり。

彼女の髪から水が滴《したた》る。剥き出しの肩や腹にも水滴が伝い落ちる。

全身が濡れているシャレードは斜光に照らされて輝き、美しくもあり、官能的でもあった。

くっと喉の奥を鳴らしたラルサスは、いきなり彼女を抱き上げた。

「ラルサス様？」

「もう限界です……」

そう言って、ずんずんと歩きはじめたラルサスはテントに向かわず、建物のほうへ足を進める。

「あ、え？」

戸惑っていたシャレードの視界の端に、やれやれと肩をすくめたフィルが見えた。

『頑張ってね～』

手を振って彼女を応援したフィルはまた湖の仲間のところへ戻っていった。

身体を拭く布を用意していた侍女が、慌ててラルサスを追いかけてくる。

侍女から布を受け取ったラルサスは、それでシャレードの身体を軽く拭いてやったが、歩みは止めず、屋内へ入った。

「ラルサ……んっ、んんっ」

なぜ運ばれているのかわからないシャレードが呼びかけようとしたら、熱い唇にふさがれた。

シャレードの口の中をすみずみまで探るように、ラルサスの舌が動き回る。

「っ、はぁ……んっ……」

いきなり快感を与えられて、シャレードはラルサスの服を握りしめた。

「ラルサス、さま、どこに……？」

「寝室です」

息を乱しながら尋ねると、短い答えが返ってきた。

彼の意図に気づき、かあっと身体が燃えた。

寝室のドアを開け、天蓋付きベッドに直行するラルサスをシャレードは止めようとした。

「ラルサス様、ベッドが濡れてしまいます」

「そうですね。それでは、脱いでしまいましょう」

さわやかに微笑んだ彼は一歩ごとにシャレードの着ているものを器用に剥いでいき、床に落としていった。

ベッドに着くころにはシャレードは一糸まとわぬ姿になり、白いシーツの上に下ろされた。

ラルサスは自分も手早く服を脱ぎ捨てる。

雄々しいものがすでに滾り立っており、それを見て顔を赤らめたシャレードはこくりと唾を呑み込んだ。

ラルサスは余裕のない様子で、すぐに彼女に覆いかぶさってきた。

そして、ねっとりと舌をからませるキスをしながら、胸をゆっくりと捏《こ》ねる。

「どれだけこうしたかったことか……」

唇を少し離し、シャレードを熱く見つめて、彼がささやいた。

指先でピンと立った胸の先をなでられて、シャレードは悩ましい吐息をつく。それだけで、下腹部が疼《うず》いてしまったのだ。

「はしゃぐあなたがかわいすぎて、たまらなかったのです」

水遊びを楽しんでいる間に、そんなことを思われていたのだと思ったら、シャレードは恥ずかしくてならなかった。しかも、美しいとは言われるものの、彼女をかわいいというのはラルサスだけだ。

はにかんだシャレードを見て、ラルサスも微笑んだ。

「やっぱりかわいい、シャレード……」

またキスをしたラルサスは、手を彼女の身体に滑らせていき、臀部をするりとなでた。

唇は首筋を味わい、耳たぶを食む。

彼の愛撫にシャレードも早く繋がりたくなってしまう。

もっと触ってほしいというように、シャレードは身をくねらせた。

銀色の下生えがしっとりと湿っているのを感じて、赤面する。

そこに熱くて硬いものが押しつけられた。

「ぁ、んっ……」

彼女の腰が揺れる。彼を受け入れたいと蜜が滴《したた》る。

くちゅっと淫らな音を立てて、秘部が擦られた。

彼の熱情に引きずられて、シャレードの官能が一気に高まる。

それなのに、ラルサスは愛撫を繰り返すだけで、一番疼《うず》くところには触れてくれない。快感は与えられるが、達することはできなくて、だんだんシャレードは焦れてきた。

「ラルサス様……」

ねだるように彼の名を呼ぶと、「ん？」と甘く蕩《とろ》ける瞳が見下ろしてくる。

わかっているくせにとぼける今日の彼は少し意地悪だった。

「ラルサス様、もう……」

それ以上は言えず、シャレードは目で訴える。

「もう、なんですか？」

「意地悪しないでください」

上気した身体を彼に擦りつけたシャレードは、拗《す》ねたように彼を見上げた。

ハッと息を詰めたラルサスはかすれ声で聞いてきた。

「……私が欲しいですか？」

「はい。あなたが欲しい。あなたを、ください」

顔を赤らめながらも彼女が言った途端、ぐいっと大きなものが入ってきた。

「ああっ！」

一気に挿入されて、それだけでシャレードは軽くイってしまった。

ピクピクと彼のものを締めつける。

眉を寄せて射精感に耐えたラルサスは、馴染むまでそこで止まり、シャレードの胸を円を描くようになでたり、愛芽を弄ったりした。

敏感なところを何度も指先がかすめて快感に腰が浮いた。でも、ラルサスが動いてくれないので、疼《うず》きが溜まっていく。

もっと激しい刺激を求めて、身体がわななく。

とうとう我慢できなくなったシャレードは恥ずかしそうにささやいた。

「ラルサス様、動いて……！」

「お望みのままに」

乞われて、喜びをあらわにした彼はゆっくりと腰を動かしはじめた。

「あぁ……」

待ちに待った刺激を与えられて、シャレードは満足げな溜め息を漏らす。

身体が痺《しび》れるような快感に満たされた。

焦らされたからか、いつも以上に感じてしまう。

「……気持ちいい、ラスサスさま……気持ちい……」

上気した顔で訴えるシャレードは淫靡でかわいらしく、ラルサスはたまらず彼女を抱きしめた。

押しつけるように腰を動かす。

「はぁ、ん、ああっ」

ぎちぎちに彼女の中を満たしているものが膣壁を擦り、嬌声が止まらなくなる。思考が蕩《とろ》ける。

快感に溺れて、シャレードはラルサスにしがみついた。

ズン、ズンと奥を突かれ、そのたびに目の前に火花が散る。

快楽が過ぎて、それを逃がそうと身をよじるが、ラルサスの腕が身体に巻きついて、許してくれない。ぴったり身体を重ねたまま、シャレードは揺さぶられた。

「あっ、あん、あんっ……」

奥深くを穿たれて、甲高い声をあげる。

快感がどんどん膨らんでいき、弾けた。

「――っ、――――っ！」

声もなく、シャレードは激しく達した。

「くっ！」

彼女のきつい締めつけに、今度はラルサスも耐えきれず、そこに熱い飛沫をほとばしらせる。

「シャレード、愛してる！」

ぎゅうっと抱きしめられて、シャレードは絶頂の余韻にぼんやりとしながらも幸福感に包まれた。

「ラルサス様……私も愛してます」

言うやいなや、熱いキスが降ってくる。

深いキスを重ねる間に、中に入ったままの彼のものがムクムクと大きくなる。

「えっ？」

もう終わりだと思っていたシャレードが驚きの声をあげる。

ラルサスがにんまり笑う。

「シャレード。今日は私へのご褒美でしたよね？」

「そう、ですね……」

当初の話を思い出し、彼女はうなずいた。

「それでは、とことんあなたを味わわせてください」

「とことん、ですか?」

「だめですか?」

聞き返したら切ない表情をされたので、シャレードは慌てて首を振った。

「だめじゃないです」

「ありがとう」

ラルサスが破顔して、彼女の額に唇を落とした。

小刻みに腰を動かされ、敏感になっていたシャレードは喘ぐ。

彼の形を覚えさせるように腰を回して挿入されると、下半身が甘く痺《しび》れた。

それだけでも意識がかすむほど気持ちよかったのに、ラルサスはシャレードの脚を持ち上げて、自分の肩にかけた。お尻が浮く。

「んんっ」

交わりがさらに深くなって、シャレードは息を呑んだ。

ラルサスが真上から突き刺すように、彼女の奥を穿ってくる。

突かれるたびに脳に響くような快感を覚える場所に彼のものが当たっている。

「あぁっ、だめっ、そこ、だめ、です!」

快感で頭がおかしくなりそうで、シャレードは声をあげた。銀色の髪を振り乱して訴える。

それでもラルサスは止まらず、的確にその場所を突きながら聞いてくる。

「だめ? 気持ちよくないですか?」

「気持ち、いいっ、でも、だめ……あぁん……変になり、ます……」

濡れすぎて、抽送のたびにじゅぽじゅぽと淫らな音がする。

「変になってください。そんなあなたも見たいのです」

口端を上げたラルサスがかがんで、キスをしてきた。

肩にかけられた脚が身体に押しつけられて、密着度が高まる。

舌を絡められて、喘ぎも彼に呑み込まれた。

ラルサスにはありのままを見せてもいいのだと、シャレードの身体の力が抜けた。安心して快楽の海に沈み込んでいく。

「んっ、ん、はぁ、んぅ、んんんーーっ」

彼女の思考は快感に埋め尽くされて、真っ白になった。

激しく達して、びくんっと跳ねる。

ラルサスも同時にぶるっと震えて、自身を解放したのがわかった。

荒い息をついたまま、彼はシャレードの脚を下ろして、繋がりを解く。

彼女は弛緩してシーツに沈み込んだ。

その彼女の身体をラルサスはくるりとひっくり返して、間を置かずに後ろから挿入してくる。

「あぁぁ！」

まだ達した余韻から抜け出せないでいたシャレードは喘いだ。身を震わせて、快感に耐える。

結局、その体勢でイかされ、かかえ起こされて後ろから抱かれた状態でまた絶頂を迎える。

喘ぎすぎて、かすれ声しか出せなくなり、最後には意識が朦朧《もうろう》とした。宣言通り、とことん抱かれた。

ラルサスは彼女の身を清めてやり、改めてその腕に囲う。

「すみません、さすがに無理をさせすぎてしまいました……」

シャレードはぐったりして、指一本も動かせない。

眉根を下げて反省しているラルサスに、彼女はほわっとやわらかく微笑んだ。

「いいえ、大丈夫です」

それは初めてのときの氷のようなまなざしとは対照的で、幸せがあふれるものだったので、ラルサスは思わず漏らした。

「あなたがこんな表情で私を見てくれる日が来るとは、あのときは想像もしませんでした……」

シャレードはハッとした。

いつのときのことを言っているのかがわかったからだ。

「私もです。あのときは、初めてがカルロ様でなくラルサス様でよかったと思ってしまう自分が嫌で許せなくて……」

「シャレード！　本当ですか⁉　私はひどくあなたを傷つけてしまったと思っていました」

驚いて見返してきたラルサスに、シャレードは気がついた。

思っていた以上に彼がそのことを気にしていて、思い悩んでくれていたことに。

手を伸ばして、慈しむようにその頬に添える。

「ラルサス様、あのときにはもうあなたに惹かれていました。事情を話してくれないのが悲しかったり、立場が私の口をふさいだりしましたが」

シャレードはそこでいったん言葉を切って、熱っぽく自分を見下ろす翠《みどり》の瞳を見つめる。

「愛しています、ラルサス様。この言葉を素直に言えるようにしてくれたあなたに感謝しています」

ラルサスの顔が喜びに輝いた。

「私もどれだけ感謝していることか！　あなたが私のもとへ来てくれたことに。心から愛してる、シャレード！」

二人はお互いを抱きしめ、熱い口づけを交わした。

こうして、すべての氷が溶かされたのだった。

〜大人のための恋愛小説レーベル〜

ETERNITY エタニティブックス

上司は極上の溺愛オオカミ！

契約婚ですが、エリート上司に淫らに溺愛されてます

ETERNITY エタニティブックス Rouge

エタニティブックス・赤

入海月子《いるみつきこ》

装丁イラスト／れの子

政略結婚の道具として育てられた、自分に自信のない社長令嬢の葉月《はづき》。社長の座を狙う悪い男の魔の手から救ってくれた社内人気No.1のエリート上司・間宮《まみや》理人《りひと》が、ひょんなことから一年限定の契約の婚約者に！　お互いの利害が一致したドライな関係のはずが、イジワルで甘い彼の手でとろとろに甘やかされて……!?

ウブな社長令嬢×ワケあり策士上司の極上溺愛ラブ！

※エタニティブックスは大人の女性のための恋愛小説レーベルです。ロゴマークの色で性描写の有無を判断することができます（赤・一定以上の性描写あり、ロゼ・性描写あり、白・性描写なし）。

詳しくは公式サイトにてご確認ください。
https://eternity.alphapolis.co.jp/

携帯サイトはこちらから！

この作品に対する皆様のご意見・ご感想をお待ちしております。

おハガキ・お手紙は以下の宛先にお送りください。

【宛先】

〒150-6019 東京都渋谷区恵比寿 4-20-3 恵比寿ｶﾞｰﾃﾞﾝﾌﾟﾚｲｽﾀﾜｰ 19F
（株）アルファポリス　書籍感想係

メールフォームでのご意見・ご感想は右のＱＲコードから、
あるいは以下のワードで検索をかけてください。

アルファポリス　書籍の感想　検索

ご感想はこちらから

本書は、「アルファポリス」（https://www.alphapolis.co.jp/）に掲載されていたものを、
改題、改稿、加筆のうえ、書籍化したものです。

虐《しいた》げられた氷《こおり》の公女《こうじょ》は、
隣国《りんごく》の王子《おうじ》に甘《あま》く奪《うば》われ娶《めと》られる

入海月子（いるみ つきこ）

2024年 2月 25日初版発行

編集－星川ちひろ
編集長－倉持真理
発行者－梶本雄介
発行所－株式会社アルファポリス
〒150-6019 東京都渋谷区恵比寿4-20-3 恵比寿ｶﾞｰﾃﾞﾝﾌﾟﾚｲｽﾀﾜｰ19F
TEL 03-6277-1601（営業） 03-6277-1602（編集）
URL https://www.alphapolis.co.jp/
発売元－株式会社星雲社（共同出版社・流通責任出版社）
〒112-0005 東京都文京区水道1-3-30
TEL 03-3868-3275
装丁イラスト－kuren
装丁デザイン－AFTERGLOW
（レーベルフォーマットデザイン－團 夢見（imagejack））
印刷－中央精版印刷株式会社

価格はカバーに表示されてあります。

落丁乱丁の場合はアルファポリスまでご連絡ください。

送料は小社負担でお取り替えします。


ISBN978-4-434-33461-0 C0093